40代❤大人女子のためのしあわせ読本

横森理香
Rika Yokomori

アスペクト

40代❤大人女子のためのしあわせ読本

第一章❤見栄を捨て、幸せになろう

第二章❤肉体的健康も心が源

第三章❤人は一人で生まれ、一人で死んでいく

第四章❤子供のこと、家族のこと

第五章❤今すぐ幸せになる気分転換

第六章❤これからを楽しく生きるための秘儀

ブックデザイン❤アルビレオ
イラスト❤あいかわももこ

はじめに

四十代は、自分なりの「幸せの着地点」を見つける時期だと、五十代になった著者は思います。いろいろ苦しんで、戦って、やっと見つける自分の居場所。それが他人評価でどうあろうと、自分的には安心してくつろげる「場」である。それを発見できたら、五十以降を美しく穏やかに過ごすことができるのではないでしょうか。

それはまさに、紅葉する晩秋の木々のごとく……。美しく色づいた葉は、木枯らしに吹かれてもまた美しいものです。

枯れる、とか、年を取る、という言葉に拒否反応を示すのもまた四十代です。自分はまだまだ若い、イケてる、モテる、いい女であり続けたい、と思う人が増え、年齢不詳の綺麗な大人女子が街を闊歩するのは素敵なことです。

でも、遅かれ早かれ、みんな年は取るのですよ。枯れても行きます。そうでなければ、何十年か後に、突然死ねないじゃないですか。人間は突然老化するわけではなく、徐々に、長い年月をかけて老化するのですよ。長い年月をかけて成長したのと同じように。

老化は進化だ、というキョンキョンの名言で、元気づけられた人も多いのではないでしょうか。GLOWという名前の四十代雑誌もできたぐらいです。イメージキャラはもちろんキョンキョン。老化を恐れない反骨精神旺盛な彼女は、私たち世代のアイドルであり続けるのです。

ただ、アイドルは超人であることを忘れないでください。年齢に関わらず元気で綺麗で大活躍している人を見て、年相応になっていく自分を、卑下しないでいただきたい。だって、それが自然で、普通なのですから。普通じゃなかったら、とっくにアイドルになっていますからね。

キョンキョンとまではいかなくても、各種メディアに登場する読者モデルの美魔女さんたちぐらいにはなっているでしょう。美魔女さんたちはお金持ちの専業主婦が多いので、時間もお金も美容にかけられます。そんな方たちと自分を比べて、我が身の不幸を嘆いたって仕方ないですよ。

美魔女さんたちだって、それなりの苦労はしているんです。資金源である夫を立て、甘え、若い頃と同じヤングなハートとボディ、リフトアップしたお顔を維持するため、手段なんか選んじゃらんないでしょう。

肉体が老化すると同時に、心も老化しますからね。そこを自覚したが最後、男にこびへつらって、美容のためのお金を出してもらうおねだりなんか、できなくなります。それをしているんですから偉いですよ。爪の垢でも煎じて飲みたいぐらいです。

そういう現場を、小田原ヒルトンのスパで目撃し、わくわくしました。四十代らしきご婦人が、美容外科にお金を出してくれと、夫に頼んでいるのです。たぶん長年連れ添った御夫婦で、夫は自然に年取っていますから、年上の旦那に見えます。

スパで仲良くジャグジーにつかりながら、甘い声で、

「エステとかじゃないの。病院でできるの」

と、ママはパパにおねだりしていました。パパは笑って聞いていましたがねー。

翌朝も、朝食ビュフェ会場の朝日の中でそのご夫婦を見ましたが、確かに奥様、痩せていて綺麗で、すっぴんでも睫毛エクステをしているので可愛らしかった。旦那様、おいくら万円出してくれるのでしょうか。

私はその旅行の直前、今まで体験したこともないような大きいニキビ（吹き出物？）ができ、どうにもこうにも治らないのでニキビ専門クリニックで治療してもらったばかりだったので、そのご夫婦の会話には興味津々でした。

というのも、そのクリニックにも美容外科メニューがたくさんあって、高額の料金表を見たばかりだったんです。一回何万円という施術代をかける価値が、ま、私にはありませんけどね。私のは初診料二千円、レーザーのニキビ治療一個500円、抗生物質の塗り薬一個千円、合計三千五百円でした（笑）。

「病院っつっても、美容は自由診療なのよ」

と、パパに言ってやりたかったですがね。

私のママ友は、会社経営のパパに美容外科代をおねだりしたけど、却下されて激怒していました。私がパパでも出さないかなー。いくら若い頃可愛かったとしても、その金額に見合う価値が、もうないと思うもんなぁ、冷静に考えて。

でも別にいいじゃないかと、私は思いますよ。シワもまた味です。シワシワになったって、可愛い人はずっと可愛いから安心しな、と、私が男なら、言ってやりたいですよ。幸せの価値観は、人それぞれですが、私は年相応でいいと思うのです。人はあっという間に年を取り、自分が四十代になった自覚なんて、みなさんないでしょう。それは、何歳になってもそうなのです。七十になった友人も、「自分が古希を迎えるなんて信じられない」と言っていましたからね。

アンチエイジングという言葉がもてはやされ、私たちはますます、年を取ることに素直でなくなっています。もちろん、どうせ生きるなら心地よく、健やかに生きたほうがいい。でも、年を取っていくこと、加齢そのものも、自分の変化として味わって行くほうが、楽しく生きられるのではないでしょうか。

いきなり落ちるのではなく、ソフトランディングしていく鳥のように、優雅に年を取りたいものです。この本を読んで、みなさんも、自分なりのいい年の取り方を創造してくださいね。

第一章

見栄を捨て、幸せになろう

1 ブランド買いはもうやめよう

幸せになるには、決して他人と自分を比べないことです。競争社会で半世紀近くも生きてきて、それは難しいのでは？　と誰しも思われるでしょう。

ですがこのお年頃は、なんにつけても落ち込みやすい時期なので、特に気を付けて比べちゃいけないのです。

それでも、隣の芝生は青く見えるもの。つい、近しい誰かの幸福を羨んで、自分と比べて惨めに感じてしまったりしがちです。そんなときは、

「いけない、いけない、自分だって、それなりに幸せじゃないの」

と、自分を律するのです。そりゃ、人も羨むほどではないかもしれません。でも、究極、健康で生きているだけでもありがたいのですからね。

世の中の常識とか、「みんな」にならう意識、「人並みに」という価値観はもう捨てて、自分なりの幸せ感を追求、創造するのですよ。

頑固で一本気な人は、子供の頃から「わしゃこれでいいんじゃっ」と割り切るのですが、それはかなり変わっている人物としてとらえられてしまいますよね。現代の日本では、みんなと

違っているといじめられたりする傾向もあるので、本当は個性的でも、隠してフツーにふるまって生きてきた人も多いでしょう。

でも、もう隠し通せる気力もなくなってくる年齢です。スパッと本音で、ありのままで生きようじゃありませんか。

四十代になって、

「あれ？　この人ってこんな人だったっけ？」

と、わりと親しい人に愕然とした覚えがあるでしょう。それは、若かりし頃はかっこつけていたけど、もう素《す》で生きるしかなくなっただけ。周囲との軋轢《あつれき》は生まれてしまいますが、本来それはその人の個性なのです。

西洋文化と日本文化の違いは、個性を受け入れるか否か。色んな人種や宗教が入り乱れる国では、人と人とは違って当たり前、だからこそ話し合いでお互いを理解し合う、コミュニケーション力が培われてきたのです。

それは島国の日本人には、歴史的、DNA的に不足しているように思われます。違うものと理解し合い、仲良くしよう、という大前提がないのです。「みんな同じでしかるべき」という間違った大前提があるので、言わずとも、表現しなくても「分かり合える」ものと思っている人が多いのではないでしょうか。

みんなと同じにして安心する、というのは、子供のすることですが、これが大人になっても、いやさ一生続くと本当に疲れてしまいます。子供は元気で疲れ知らずだし、我がままを言えば親がかなえてくれますので、苦労ないんですが。

私にも覚えがあります。幼稚園の頃、赤いロングブーツが流行っていました。特にお金持ちの子が最初に履きはじめて、私もそれが欲しくて欲しくてたまらなくなってしまったのです。親にねだって、クリスマスにゲット！　あの、長いジッパーを初めてはめたときのうれしさは、一生忘れられない思い出です。

お弁当の中身も気になりました。ある子が、赤くて可愛い形をしたお漬物を入れていて、それをどうしても自分のお弁当にも入れてほしいと、親にねだったのです。なにせ名前が分からないものですから、幼稚園近くのお惣菜屋さんに母と行って、お店の人に聞いて探すことに。それは「チョロギ」というもので、シソ科の地下茎の漬物でした。

これが続くと、大人になっても、誰かが持っているものを欲しがるという、自分のない人になってしまうのです。特に流行りものにはみなさん弱いようです。多くの人の欲しいものが、自分の欲しいものになってしまう。流行のファッションやジュエリー、ブランドバッグなどが、その最たるものでしょう。

見栄もあると思います。自分だって、これぐらい持ってるんだ、流行りものを身に着けたイケてる人なんだ、という意地ですよね。ちょっとお高い値段設定なら、なおさら自慢できます。それはイコール、これぐらい幸せなんだという、誇示でもあるのです。

それとは真逆ですが、誰も知らなくても、自分で見つけた素敵なもの、お気に入りのものに囲まれる生活は地味だけど、自己満足度は大変高いものだと思いますよ。

誰も認めてくれなくたって、自己満足でいいではないですか。それでもどうしても誰かに褒めてほしかったら、今はブログという手もあります。誰かがイイネ！　としてくれたら、うれしいじゃないですか。

年を取ると、褒めてもらえることは少なくなります。そしたら、自己満足の道を選択し、自分という「個」を追求したほうがいいですよ。そのほうが無駄なお金も使わずに済むし、地味ながら心から満足できる生活が送れます。

流行には、軽く乗ってみるのも一興ですが、基本的には個人的なマイブームを探し続けることです。こんなものないかな、あったらいいなというイメージを大切にして、探して、なかったら自ら創作する。

それはもしかしたらモノではないかもしれません。これがあれば楽しい、私は幸せという自分なりの宝物を探して、創造する。そのことに終始していれば、この大変な、ホルモンバランス悪き時期は、知らないうちに過ぎてしまうはずですよ。

2 大人女子の男選び

昨今、バリキャリで四十代まで独身、という人が少なくありません。美人で仕事もでき、性格も良く働き者。嫁にしたらどんなにか素晴らしいのに、という女性が、売れ残っているのです。

みなさん、もちろん結婚したがっていますよ。もう、ルックスなんかどうでもいいから、とにかく「いい人」なら誰でもいいと。そう言いながら、実際、やはり四十代で売れ残っている男性を紹介すると、気に入らないのです。

やはりイケメンがモテますよね。独身の大人女子は少女の頃の幻想が忘れられないのでしょうか。漫画やドラマに出てくるような男性、身近にいるはずないじゃないですか。だったらとっくにアイドルかスターになっているし、若かりし頃かっこよくても、年取ったら普通はみんなオッサンですよ。

ある有名ロックスターだって、私が娘の幼稚園の保護者として知り合ったときには、おなかの出た気のいいオッサンでした。あとからテレビで見て、若い頃は細くてかっこよかったのだと知り、驚愕の思いでした。

我が夫だってそうです。若い頃はジャニーズ系でしたが、今はスーパーマリオですからね。二十キロ太って、脂肪肝です。そして若い頃は素直で優しい人でしたが、今や立派な頑固オヤジ。まさに「別人」ですよ。

ま、向こうもそう思ってるんでしょうけどね。結婚のいいところは、お互いそうなっても、簡単には別れないところです。離婚も面倒ですからね。

そう、四十代ともなると、色んなことが面倒で、腰が重くなってしまうのですよ。若くてやる気満々で、お互い綺麗で可愛く初々しい頃には、惚れあって成り行きで結婚したりするでしょうけど、四十代ともなると、色んな意味で、簡単には行きません。

大人女子は男を見る目も肥えているし、相当頑張っている「美魔女」以外は、ま、オバサンですよね。綺麗でも、「トシの割には綺麗なオバサン」です。心もまた、年を取っています。そう簡単には、異性を好きになったりしません。

みなさん、そういう相手が現れれば、何歳でも恋に落ちることができると思っていますが、男も女も、そんな気はならない年齢に、もうなっているのです。

もちろん、例外はアリですよ。無類の女好きで、何歳になっても惚れっぽい男の人はいます。でも、そういう人は、あっちほうもお盛んなのです。平均的には男の人も、四十代では性欲も減ってきます。

恋愛感情と性欲は、同じグラフ曲線をたどっているのです。女性はもっとそうでしょう。性欲がもともと薄い人なら、そんな気はとんとなくなってしまいます。それでも、誰かと一緒に人生を歩みたい、生活を共にしたいと思ったら、別の意味合いを結婚に持たなければならないのです。

四十代以降は、「これからの人生のパートナーとしての男選び」と考えたほうがいいのです。惚れられる男を探すのではなく、縁のある人を探す。一緒に生活できる可能性のある人を選ぶのです。

四十代後半である資産家に嫁いだ女性が言っていたのですが、女の幸せはやはり、お金だということです。男の人の財力で一生を安泰に、豊かに暮らすことができるという安心は、女の幸せを味わわせてくれると。

彼女は以前、自営業で稼ぎ、逆に一生男性を食わせていく覚悟を決めていたのです。かつての彼はイケメンで、フリーランスの仕事をしていました。不況で仕事が減り、鬱になってますます仕事ができなくなっていました。

そんなとき、現在の夫に出会ったのです。ルックスは面白いけど、いい人でお金持ち。優しくて誠実で、彼女は初めて、安心と女の幸せを味わったのです。そういうタイプのお金持ち独身男子が彼の友達には何人かいるので、仲間の独身女子たちに紹介したのですが、みんな全然飛びつかない。やはり、かっこよくないと嫌らしいんですね。

特に太っている男性はモテません。彼女は旦那様を結婚前にダイエットさせ、結婚式までに十キロ痩せさせました。だから、男性の体重管理なんか女ができるんだから、太っているという条件は考えなくていいのに、と言うのです。

私の主宰するサロンで合コンをしたときも、モテたのは四十代でも細くてカッコイイ男性でした。でも、彼は趣味のものを集めるのが好きで、稼いだお金はほとんどそこに注ぎこんでしまうので、デートも割り勘だというのです。これでは、結婚後の生活も目に見えていますよね。

経済力だけではありません。女性はなぜか、「尊敬できる男性」でないと、カッコイイと思えないのです。そして四十代まで独身でいる女子は、頭が良く仕事ができる。よって、それ以上に頭が良く仕事ができる男性なんて、ま、あんまりいませんよね〜。

さらに、オシャレなライフスタイルを築けたり、美味しいものを知っていたり、趣味も良かったりする自分と比べて、男の人のなんとダサいこと！　正直、趣味が合う男性なんて、ゲイしかいませんよ。

だから、そこは目をつむるのです。あくまでもストレートで、女の人と結婚してくれる男性。それは、ダサくてバカで太っているかもしれません。性格だって、年を取ったら誰でも頑固になります。それでも、一人で生きるよりはいいと思うのなら、結婚する。

最低限の生活費は出してくれ、酒癖（麻薬も含む）・女癖（ゲイ行為も含む）・博打癖（借金も含む）がない、ぐらいの条件を満たせば、万々歳なのではないでしょうか。贅沢言ってられる年齢ではないのですよ。

「ええ〜、でもお、松田聖子だって医者と三度目の結婚を〜」

という方は、もう松田聖子におなりなさい！

3 自分の弱さを認めてみよう

四十代以降、意地や見栄をはっていると、幸せになれません。かっこつけられるのは、若さの特権なのです。人並みはずれて体力や気力がありあまっているのならともかく、無理してかっこつけて、疲れて体調不良になるなら、なんの意味もありませんからね。

四十代以降の幸せ、それはすなわち、心身健康で、日々を健やかに送れること。四十代になったばかりのみなさんは、まだその重要さがピンと来てないかもしれません。逆に、体力が平均値以下の方は、三十代、いやさ二十代からその意味を実感しているかもです。

私は若い頃「元気印」と言われるぐらい元気だったので、四十代で体力が衰え始めるまで、分かりませんでした。でも、病弱な知人から、「私なんて二十代からそうですよ。気を付けなくても体調がいいなんてこと、生まれてこの方ないですから」と聞き、驚きました。

彼女は、頭は本当にいい人なので、やりたいことはたくさんあるのですが、なにせ体力がないので、うまく知恵を使って、体力を温存する術を編み出したと言います。私が生活用品や食材のほとんどを宅配便に委ねるようになったのも、彼女に伝授されたからです。彼女は、大学時代から無農薬野菜の宅配便を取っていたぐらいなのです。

若い頃、虚弱体質の友人に、

「理香と一緒にいると疲れる……」

と言われたのを、今になって理解できます。私は夫が元気過ぎるので、四十代になってから年々、家族と過ごす休日が一番疲れるようになりました。

もともと病弱だったり、虚弱体質だったりしなくても、老化は誰の元にもやってきます。そして更年期も、女性なら誰しも通過するのです。ただ、その症状が重くなるか、軽く済むかは、本人次第。心や体の管理がキマっていれば、折れることなく、更年期の十年を過ごせるでしょう。

それにはまず、自分の弱さを認めることですよ。かなり能力の高い人で、体力にも自信があったとしても、四十代で無理をすると体や心を壊します。自分では無理じゃないと思っていても、心身壊したら、それは無理だったということ。

病気は、その人がこれからも生きられるように生活を見直すきっかけなのです。私は三十代前半で子宮筋腫が発見され、ライフスタイルを夜型から朝型に、そして少しずつ、できることで運動量を増やしてきました。あれがなかったら、きっと今はありません。

嬉々として座りっぱなしで書き続け、とっくに病気で倒れていたか、鬱で使いものにならなくなっていたでしょう。今でも書き続けられるのは、書く時間を減らし、休む時間、心身の健康管理に充てる時間を増やしたからです。

仕事のことだけではありません。三十九で自然妊娠・自然分娩し、四十代での子育てを乗り越えられたのも、綿密な健康管理あってこそなのです。誰にとっても、体が資本。そして、最高のドクターは自分自身だということを忘れないでください。

おかしいな、と思ったら、すぐ手を打つことです。疲れたら、疲れが取れるまで休むのですよ。風邪も、初期に休んでしまえば治ります。無理をして薬を飲み、働き続けるから悪化するのです。

自分は強い、と過信すると、ダメになったとき自分自身が傷ついてしまいます。自分の弱さを認めていると、想像以上に何かできたときは、ブラボーって気持ちになれますよね。そっちのほうが、お得だと思いませんか？

四十代は、加齢現象と更年期症状で、誰でもちょっとは不調になるのです。だから、弱い子供のケアをするように、御自分をケアしてあげてください。誰かの心配をするぐらいなら、自分の心配をするのです。

特に同棲や結婚をしている人、家族を持っている人は、自分そっちのけで連れ合いや家族の世話に奔走してしまいがちです。でもそれで心身壊してしまったら、結局は家族が大変な思いをすることになるのです。自分の健康管理が第一であることを、肝に銘じてください。

特にこの時期、心の管理は大変重要です。気持ちがダウンしがちなので、自分自身をよおく観察して、落ち気味だったらすぐさまUPしてあげるのです。何がUPさせ、DOWNさせるかは、御自分が一番知っていますよね。

自分自身を癒す最高のドクターは自分、というのはその辺が所以《ゆえん》なのです。気分が良ければ、体調も良くなります。また、体調が良ければ、気分も良くなります。体と心は一つなのだということも、四十代では実感するでしょう。

気分は悪くても、生活のためには致し方ないこともあるでしょう。その場合は、死ぬよりはましだと思うことです。自分の体力や能力を鑑《かんが》みて、無理なことには憧れはあっても飛びつかない。やがてもしかしたらできるときが来るかもしれないので、このホルモンバランス悪き暗黒時代は、おとなしくしていることも大切です。

私だって、リーマンショック後は仕事が激減、夫の扶養家族になったことだってあるのです。

夫には、生活費を渡す代わりに「家計簿つけろ」とか言われるし。家計簿つけてる作家がどこにいるんじゃと（ま、つけませんでしたけどね）、プライドも何もあったもんじゃありませんでした。

でも、今思うと、プライドなんてものは必要ないのです。人間は弱く、卑しいものです。私の友達は独身が多く、フリーランスや自営業の人はみな、不況時には大変な思いをしていたのです。だから、私は結婚していてラッキーだったなと、思うことにしたのです。近所のコンビニでバイトしたり、熟女バーで働かなくて済んだと。

プライドは捨てても、心の中のオアシス、「自分」だけはなくさないことです。私も、細々でも書くことをやめませんでした。夫や税理士に散々嫌味言われても、コミュニティサロンもクローズせず、大好きなベリーダンスも踊り続けているのです。我がままだ自分勝手だと言われても、これ捨てちゃったら、それこそ自我の崩壊ですからね。

4 不幸より幸福の数を数えよう

人は疲れていたり、体調が悪かったり、ホルモンバランスが悪いとイライラして、気に入らないことが増えてきます。だから、四十代から五十代、更年期は機嫌が悪いときのほうが多いのです。

ほとんどが曇り空で、束の間の晴天のように、一瞬ホルモンバランスの整うときもあるのですが、大抵はどんより、もしくは大嵐。こんなことでは、体調も悪くなるし、気分もマイナスのスパイラルに嵌《はま》って、病的な鬱状態を招きかねません。

鬱病大国ニッポンの私たちは、傾向として、気に入らないこと、ネガティブなことに意識を集中しがちです。神経質で心配性なので、恵まれていても将来の不安を抱え、不幸の数を数えて怒ったり、恨んだり、嫉妬したりして暗い気持ちになっているのです。

いつも元気で明るいと言われる私だって、ほっとくと暗〜い、陰気な人ですよ。どんな人でも陰と陽の部分を持ち合わせているので、どっちに傾くかは管理次第。特に更年期は、管理を怠ると真っ逆さまに急降下ですから、気を付けてください。

実際、私も一度、自殺を考えたことがあります。でも、そんなことを考えた自分が可哀想で泣けてきて、声をあげて号泣したのです。真夜中に眠れず泣きながらお酒を飲んでいましたので、泥酔して気が付くと朝になっていました。家族の朝ごはんと娘の弁当を作らねばならず、そのままいつもの生活をやり過ごしましたが。

そんな頃、同世代の知人が本当に自殺してしまい、他人事ではないと思いました。誰しも不安はあるのです。知人はやはりフリーランスで、不況で仕事がないのを苦にしていたというのです。結婚していて子供もいなかったので、夫君の稼ぎで生活はできたはずだったんですが。

私だって同じ状況でした。リーマンショック後、仕事が激減し、夫が入れてくれる生活費だけでは足りず、惨めな生活を余儀なくされていたのです。でも今思うと、決して惨めではなかったのです。私には住む家（夫がローンを支払ってくれています）も、行くところ（ロータス・持ち家）もあり、細々でも書く仕事も続けられ、暇つぶしに色んな活動をロータスでできたのですから。

ロータスを立ち上げた頃はリーマンショック直後で、リストラにあった主婦など、暇な人が無償で協力してくれていました。駆け出しのヨガ講師も練習がてら無料で教えてくれていたし、ウェブショップを始めてみたり、手作り石鹸作りにチャレンジしたり、今ではいい思い出です。

つまりお金がないながらも、それなりに楽しく生活していたのですよ。逆に言ったら、ロータスがなければやり過ごせなかったでしょう。その後不況はさらに進み、今度は主婦たちの夫がリストラに遭ったり、お給料やボーナスが減ったりして、彼女たちが働かなければならなくなりました。ウェブショップは売り上げ不足もありクローズ、私は一人で全ての運営をすることになったのです。

でもま、これも手におえる範囲なので、負担にもなっていないのですが。仕事があまりにも減り作家の看板降ろすか、というところまで行って、自殺まで考えた私ですが、プライドを捨てて、「じゃ、夫の扶養家族ってことで……」と、税理士にも捨て台詞を吐き地味にやり過ごしていたら、忘れた頃にベストセラーが出たのです。どん底でも見捨てず仕事をくれた、この本の担当編集者Tのおかげです。

あのとき死んでしまっていたら、今はなかったと思うと、生きていて良かったなとしみじみ思いますよ。地獄に仏とはよく言ったもので、助けてくれる人は必ずいるものです。逆に、貧すれば鈍するで、弱気になっていると泣きっ面に蜂的に、詐欺などにも引っかかりやすいものです。私がネット詐欺に引っかかったのもその頃ですから。

人間、暇だとろくなことないですから、お金になるならないはともかく、忙しくしていることですよ。ボランティアでもなんでもいいから、とにかくひたすら、無心に働くのです。家事でも仕事でも運動でも趣味でも、日中思いっきり活動していれば、夜は自然と眠れます。なにせ加齢で疲れやすいですからね。倒れるように眠れますよ。

贅沢を言えば切りがありませんが、そこそこの幸せでじゅうぶん満足できる自分作りも大切です。最低限、住むところと食べるものがあれば、人は生きていけます。温かいお風呂に入れ、清潔な服に着替えられたら、もう言うことないでしょう。

それ以上は実は贅沢なのです。だから贅沢を味わっているときは、必要以上に喜びましょう。私なんかパジャマから着替えて出かけただけでニコニコしてしまいますよ。お天気が良くあたたかかったら、なおサイコーですよね。

下を向いて惨めに歩いたことだってあります。でも、そんなときは自分で自分を惨めな存在にしてしまっていたんです。嫌なことばかりを考え、悲しみ、怒り、不安に思って、つらいときを過ごしていました。どれもこれも、自分の選択だったのです。

実は、心だけは、誰にも手を出せない聖域なんですよ。考え方を変えれば何があっても傷つかないし、自分が洗脳されたくなかったら、洗脳もあり得ません。物事には、全ていい面と悪い面（自分にとって都合のいい側面と悪い側面）があるのです。解釈のしようによっては、いいも悪いも、決めるのはあなたなのです。

だから、不幸の数は決して数えず、幸福＝ラッキーなことだけを数えて、恵まれていると喜ぶべきなのです。そしたら、どんな状況でも必ず、幸せで生きられますよ。

5 それぞれにちょうどいい人生がある

若い頃はパワーがありあまっているので、理想の自分を追い求めがちです。三十代まではそれで良かったでしょう。でも、四十代からは〝まんま〟自分が見えてきます。それは、思っていたほど素晴らしくはないかもしれません。でも、それでいいのです。

もちろん、理想の自分を一〇〇パーセント生きている、夢のような人生を四十代からゲットする人だっています。そういう人を羨んで、自分の人生を惨めだと感じても、落ち込むだけです。そんなときは、よくよく考えてみてください。

その人が、その人生を手に入れるため、どれだけの努力をして、どんだけの代償を支払っているか。そういうことが、自分にできるかどうか、考えれば分かるはずですよ。誰だってただの運や、賢さ、狡《ずる》さだけで夢のような生活を手に入れているわけではありません。日々努力と我慢を喜んで重ねられる人だけが、幸運を手に入れているのです。

特に女性が陥りがちなのが、「あの人は綺麗だから」という、容姿に対するコンプレックスです。もし自分もあんな風に綺麗だったら、別の人生が用意されていたんじゃないかと、つい思ってしまうのですよ。

そして自分だって、もうちょっと綺麗になれば、もっと幸せになれると思ってしまうのです。エステや美容外科に通い、大枚はたいて幸せを買おうとする。若い頃はそれで良かったかもしれません。でも、四十代以降、それをする価値は激減します。

腐っても鯛、女性は死ぬまで女性です。でも、四十代以降は、どんなに綺麗でも、綺麗なオバサンでしかありません。君島十和子さんや前田典子さんは、年齢以前にもともとの美容レベルが素人ではないのです。だから、仕事になっているわけで。素人が真似をしても、美容業界の餌食になるだけです。

ま、十和子さまが提案する、朝の家事をしながらシートパック、ぐらいは真似してもいいですよ。今どきシートパック、一〇〇円ぐらいで買えますしね。なんでも日中は、エアコンや日光などでお肌が危険にさらされるので、朝のケアが肝心だとか。

「でも、家事しながらシートパックなんて、ベロベロしちゃってキモくねー?」

と叫んだアナタ! その性格がそもそも十和子さまとは程遠いので、憧れるのはやめましょう。私なんてシートパックまとめ買いして戸棚にしまい、忘れて使ってませんよ。

美容も、そりゃ十和子さまぐらい綺麗だったら、お金も手間もかける必要があるかもしれませんが、普通レベルでは、自分が痛くない程度に整えておけばいいのではないでしょうか。ゆる〜く楽しめる範囲が適当なのです。

全く手をかけないのも、老化の進む四十代以降は厳しいものがありますが、美容外科に通ってまで修正する必要はないと思いますよ。興味をそそられるのは分かりますがね。もちろん、時間やお金をいくらかけても余裕、という富豪のマダムや玄人さんならいいでしょう。でも、庶民で素人が手を出す世界ではないような気がします。

そのために節約したり、ローンを組んでまでエステや美容外科に通うほうが、精神的にどうなのよ？　という気が私はしてしまいますけどね。私の知人にもそういう人いますが、雰囲気がカツカツで、いただけません。私が男だったら、正直、いただきません。

どんだけダイエットして若い頃と同じスリムボディを保ち、そのためにできたシワやたるみを美容外科で治しても、どんどん怖い雰囲気になるだけです。それで、何を得ようというのでしょうか。たぶん「幸せ」ですよね。

人の思う「幸せ」とは、本当に人それぞれなので想像もつきかねるのですが、それで本当に幸せになれるのでしょうか。お直しはエスカレートして、終わりがないと聞きます。一生それをして、綺麗なまま死にたい、ということなのかもしれません。

でも、私の周囲で四十代以降、いわゆる電撃結婚で幸せをゲットした人は、必ずしも細くて綺麗で年齢不詳ではありませんよ。結構ぽっちゃりで、肌も荒れていて、髪もバサバサでも、性格がチャーミングでセレブ外国人と結婚した人だっているのです。その人自身の魅力ですよね。まぁ外国語ができて外資で働いていたというのはあるんですが。

で、ここで、私なんて性格も魅力的じゃないし、外国語もできないし……と思ったそこのアナタ、よく考えてみてください。思えば、自分の人生だってまんざらじゃないですよ。

独身の方は、仕事で疲れて帰っても、気を遣う家族もいなければ、家族のために家事をする必要もないんです。それは日々、家政婦のミタ状態の主婦にしてみたら、夢のような生活ですよ。働きながら主婦やってる人なら、なおさら羨ましいでしょう。

でも、盆暮れ正月ゴールデンウィークが寂しい、とお嘆きのアナタ。家族がいたって、それは形だけで、実際は楽しくないどころか苦しい人だっていっぱいいます。それでも、自分は結婚していて家族がいるから寂しくないんだ、という形を重んじれば、我慢してその生活を続行するしかないでしょうしね。

6 物事にはいい側面と悪い側面が必ずある

幸せになるには、物事のいい側面にいつも注目するようにすることです。

たとえば、不況に見舞われた我が家は、同時に夫の更年期が勃発。突然いつも機嫌の悪い男に変身し、家庭生活は陰々滅滅になってしまった、と思えば思えます。でも、愚痴って泣いていてもしょうがないので、その状況の中で最善の手を尽くしてきたのです。

夫と私それぞれ借りていた都心の事務所を解約し、郊外に家族三人が住める賃貸物件を探しましたが、家賃が思ったより高く、安いのは日当たりが悪いか、かなり古いものでした。色々考えるとローンを組んで小さい家を建ててしまったほうが気分もいいし、結局はお得ということに気づいたのです（詳細は『猫のひたいほどの家』文春文庫刊で）。

インターナショナルスクールに通わせていた娘は、公立小学校に入れることにしたので、環境のいいところでなければ可哀想でした。以前住んでいた都心の学区内では、繁華街をランドセルしょって通わねばならず、それも忍びないと心を痛めていたのです。

夫は見栄っぱりなので、公立に通わせるのは嫌だと言い、国立だったら学費もそんなにかからないから受験させろと言い始めました。言われた通りにしないとキレるので、お受験塾にも通わせ（塾代出すのも付き添うのも私）受験させましたが、見事に落ち（詳しくは『横森理香のお受験突撃!!!』ポプラ社刊で）、すぐ近くの公立小学校に通ったのです。

公立小学校の利点は、地元にお友達ができることと、娘にとっては日本語がちゃんとすることでした。生後三カ月からフィリピン人のナニーに預けられ英語で生活していましたから、日本語は日系ハワイアンのようだったのです。お受験塾と公立小学校の三年間で、日本語がネイティブに。

家を建てたのは超不便な場所ですが、大変環境のいいところで、学校まで徒歩二分。小さい子が大きいランドセルしょって頼りなさげに一人歩きを始めるには、絶好のロケーションでした。我が子が学校に通う様子がキッチンの窓から見え、母親はとっては大変な安心材料だったのです。

実際、三・一一の大震災のときも、すぐ迎えに行くことができました。これが、今通っている遠くのインド人学校だったら、母親と連絡が取れるまで何時間も泣いていることになりますからね。娘が同級生に当時のことを聞いたら、そう言っていたというのです。

物価も安く、収入が減ったときは、その暮らし良さがなんとありがたかったことか。お刺身なんか、都心の半額で倍盛りですからね。家族三人で余るほどです。駅まではかなり遠いので、私は三十年ぶりに安い自転車を購入、乗り始めました。

自転車は運動不足解消にもなるし、車に乗って通り過ぎるだけでは分からない自然を満喫することができます。うちの近所には大きな公園があり、春の若葉や桜吹雪の中を滑走するのも格別ですが、晩秋の木枯らしの中を走るもまた風情のあるものです。舞い散る色とりどりの枯葉の中に、ローズピンクの椿の花びらなんか混じってた日にゃあ、一句ひねりたくなってしまいますよ。

そこを自分が走り抜ける快感は、生きてその場所にそのときいなければ味わえないものなので、「その瞬間」を感じるには最高ですよね。これぞマインドフルネス、精神的健康効果ばっちりです。肉体的には寒いけどね〜。

もちろん、車のほうが便利だし、冬寒くも、夏の暑さもないですが、公園内は走り抜けられません。そして、お金がかかるだけでなく、地球温暖化に拍車をかけてしまうのです。運動不足にもなります。そして常に人身事故だけは起こさないよう、細心の注意を払わねばならないのです。

自転車に乗ると日に焼けてシミが濃くなり、転んで大怪我をする危険性もありますが、車で事故るよりずっとましです。五十歳の秋、左目が飛蚊症になり、もう数年前から見えにくくなっていたことに気づきました。車の左側を二度ガードレールにぶつけて夫に激怒され、今ではほとんど運転していないのです。

彼の車を借りてぶつけて必要以上に怒られ、超嫌な思いをするより、多少不便でも車なんか運転しないほうがいいのです。事故の危険性も回避できるし、高い修理代を支払わなくていい。やらなくてもいい十一歳の娘の送り迎えだってしなくて済みます。

とまぁ、ワタクシ事でもこんなに、全てのことにいい側面と悪い側面があるのです。みなさんの生活もぜひこの機会に振り返ってみてください。どんなに嫌なことにも、いい側面は必ずあるはずなのです。そこに感謝して、また味わい、喜んで日々を過ごせば、人生は大きく幸せ方向に代わるはずです。

そう、幸せか、幸せでないかは、その人の心持ち次第なのです。同じ状況でも、幸せに感じる部分に注目すれば幸せだし、不幸せに感じる部分に注目すれば不幸なだけなのです。

いつも機嫌がいい人は、自分の生活のいい部分に注目して味わっているのです。逆に機嫌が悪い人は、いい部分にはあまり注目せず、気に入らないことを重箱の隅をつつくようにして探しだし、不愉快の種を育てて立派に葉を茂らせているのです。そしてその、不愉快の森の中からなかなか出てこようとしません。

でも、いっそ伐採して、外からの光や風を感じてみてください。爽やかで心軽く、気持ちがいいでしょう。自分が実は大変恵まれていて、幸せなのだと気づくはずですよ。そしてまた、自分の幸せに気づき、味わっていかないと、四十代以降は心身健康で生きられません。できたら……、というレベルではなく、これはマストなのです。

7 大切なことは根源的なこと

人が悩んで、無理してでも行使してしまう原因は、見栄だったり、常識だったり、憐れみや不安だったりするかもしれません。五十の大台にのぼった私だって、いまだ小さいことに惑わされて、右往左往することもあります。

でも、振り返ると、大切なことってそんなに多くはないんだなぁと思うのです。とりあえず今も生きているし、うっかり死んじゃったり、日常生活がままならないほど心身壊さないで良かったなと、しみじみ思えます。

もちろん、老化は年々激化するし、更年期症状なのか、原因不明な不定愁訴はたくさん出てきます。でも、入院するほどではないし、多少休めば治る、もしくは我慢できるぐらいの不具合なので、よしとしているのです。

人間、おなかが空いたときに何か食べられて、喉が渇いたときに水分補給でき、雨風しのげる家があれば、とりあえず大丈夫なのです。お風呂に入ってさっぱりでき、洗い立ての服に着替えられたら、もっといいでしょう。

それ以上は贅沢、と言ったら、現代人は全員ダメダメですが、重要なことは実はこれだけなのです。もちょっと心地よく過ごしたかったら、お喋りを楽しむ相手がいたり、軽く体を動かせる時間があれば、さらに快適に生きられます。

この基本を、ハズしてる人が現代には多いから、ビョーキっぽくなってしまうのではないかと思うのです。

最近では、「絶食男子」という言葉があるぐらい、女性と一切かかわりを持たない男性が増えているそうですね。面倒だし、お金もかかるから損だと思うのでしょうか。女性だって、独身でいたほうが心地よい人は確かに増えています。

家族がいたって、関係良好な家は少ないぐらい、現代は人間関係がギクシャクしているのです。ソーシャルネットワークの発達で、近しい人といい関係を保たなくても、ネット上でお喋りをする人はたくさん作れるからいいのでしょうか。

ダイエットにも疑問があります。うちの夫は炭水化物抜きダイエットで八キロ痩せましたが、健康診断の結果、脂肪肝でした。主食を抜くことで常に空腹感があり、甘いお菓子やスナックについつい手が伸びていたからです。だったら、ちゃんと三食、主食も食べて満足したほうがいいですよね。

食事は、家族で和気あいあいと食卓を囲んだり、友達と美味しいものを分かち合ったりという、大切な意味があります。そこで、ダイエットしてるから食べたくない、と抜けるのは、心寂しいものがあります。

食事を抜けば抜くほど痩せられるからうれしいなんて、ティーンエイジャーみたいです。四十にもなってそういうマインドでは、情けないではないですか。もちろん、病的に太っていたり、成人病のケがあってダイエットを余儀なくされるなら仕方のないことです。そして寄る年波、消化能力が衰え、一食抜いたり、プチ断食したほうが調子いいというならしょうがないでしょう。

私なんか娘を一人で食事させたくないから、休みの日など三食付き合って、消化不良でおなか痛くなりますよ。それでも、一人で食べさせるのが嫌で無理してしまうんです。自分も食いしん坊だから、目の前に美味しいものがあると食べちゃうんですね。

五十の年末はとうとうコンビニに駆け込み、胃腸薬の世話になりました。久しぶりに会う友達との忘年会はどうしても行きたいけど、お昼に娘と食べたランチ寿司が消化しきれず、出かける前に腹部膨満感でうなって横たわっていたのです。

消化剤のパワー恐るべし。夜も楽しく飲んだり食べたりできました。五十になってから、消化不良で腹部膨満感があるときは、スープものなどを多くして、ラーメンやうどんも麺を半分残すことにしています。

これって、若かりし頃の彼（当時四十代）がしていたことだけど、自分もするようになってしまいました。ダイエットのためかと思っていたけど、消化不良だったんですね。

そう、四十代に入ると、消化酵素も激減するので、たくさんは食べられなくなるのです。特に揚げ物や硬いものなど、消化の悪い食べ物は避け、温かくて軟らかく、消化にいいものを選ぶようにすると、腹痛で苦しまなくて済みます。

若い頃の癖で目が食べたくても、もうそんなには食べられなくなるのが普通なので、ダイエットをする必要もないのですよ。無理なダイエットをして痩せ過ぎると、今度はシワやたるみで苦しむことになります。

無理することはありません。今は美魔女ブームで、四十代になっても五十代になっても、若い頃と同じようにスリムでシワもたるみもなく、流行のファッションを着こなし、綺麗でかっこよくないといけないような気にさらせられますが、フツーに、小綺麗なオバサンでいいのではないでしょうか。

清潔だけは保ちたいものですが（笑）、美容もダイエットも、行き過ぎると怖いものありますからね。美魔女っつーか、ただの魔女？　みたいな……。

多少ぽっちゃりでも、肌荒れしていても、本人が日々満足し、楽しく暮らしていればチャーミングなのです。健康で魅力的な人は、容姿にかかわらずモテるし、同性からも好かれます。

逆に、じゅうぶん綺麗で痩せているのに自分に満足できない人は、その渇望感がにじみ出てしまい、他人に恐怖感を与えてしまうのです。余計なことを考えず、その瞬間、瞬間、目の前のことを一生懸命やり、おなかが空いて毎食美味しく食べている人は、害がなくて安心。

つまり、幸せなのです。口に入れるものをいちいち検証して、太らないように生きている人は、痩せて美貌を保っている自分を褒めて崇《あが》めて肉体的にも愛してくれる人を必要とします。

そしてそういう相手に恵まれることは、四十代以降は難しくなりますから、厳しいです。大人女子が幸せになるには、美容より健康、体調と気分重視で生活すべきなのです。自分という魂の神殿の、管理に終始してください。

8 無理をしなければ全ては破たんしない

四十代以降は、憧れや夢と、現実との違いをしっかり把握し、無理をしないことが幸せになる秘訣です。それは、本当の自分、今の自分へのソフトランディングなのです。

夢や憧れに向かって無理をしてでも頑張るのは、気力・体力のありあまっている若いときなら許されるでしょう。でも、四十代でそれをして、体や心を壊してしまっては、元も子もないのです。

心身壊れた状態では、夢に向かって頑張るどころか、日常生活もままならなくなってしまいますからね。前項にも書きましたが、ちゃんと食べる、眠る、お風呂に入る、清潔な衣類に着替える、が人間の健康と幸せの基本ですから。

この基本をおろそかにしてまで、多くの人が頑張っている社会が、そもそもおかしいのですよ。過労死、企業戦士、なんて言葉があるぐらい、寝食惜しんで働いてこそ立派みたいな意識がある。これじゃあ、鬱病大国になっても仕方ないですよね。

子供たちも可哀想です。小学校一年生から塾に行かされ、高学年ともなると、晩ごはんを家で食べることもなく、コンビニ弁当で塾に。九時ぐらいに帰ってきたら夜食を食べてまた十二時まで勉強だというのだから、正気の沙汰ではありません。

それで名門中・高・大学に入ったところで、本当に幸せなんでしょうか。お母さんたちもまた、子供の教育は自分の責務と思い込んでいるか、夫や舅・姑にプレッシャーをかけられているか、はたまたママ友たちとの競争で、そういう生活を変だと思うこともなく、送っているのです。

私の知人は子供たちの中学受験で自分が倒れ（子供は元気だから平気なんでしょうが）、しばらく寝込んでいたのです。電話にも出られない状態で、心身病んでいるようでした。それでも子供をいい学校に入れたいがために、起き上がるとまた頑張り始めるのです。かなり痩せていましたから、あまり食べず、寝ずの状態が続いていたのでしょう。子供だって、繊細な子は壊れてしまうと思いますよ。

独身で働いている人だって同じです。好きなことを寝食惜しんでやっている人も……。私も三十代までは嬉々として朝まで原稿を書き続けていましたが、子宮筋腫発覚後はやめました。

ランナーズハイみたいなもので、スイッチ入ると楽しくて、やめたくなくなっちゃうのは分かるんですけどね。

気持ち的には、「好きなことをやっていると疲れない」ので、肉体的な疲れも感じず、楽しく生活してしまいます。でも知らないうちに体や心は老化していますので、やがて肉体的についていけないときが来るのです。

女性は特に、婦人科系に問題が出てくる人が多いようです。私の知り合いにも、仕事が楽しくて仕方がなかった、という人が長年子宮筋腫と内膜症で苦しみ、四十代に大出血で搬送され……という人が何人かいます。

一人は会社員なので部署を暇なところに換えてもらい、そのまま仕事を続けていますが、一人はフリーランスのため、仕事を休み治療の旅に出ました。婦人科医は手術、全摘を勧めましたが、自然療法を選び、いい治療家を探して行脚《あんぎゃ》しているのです。

結婚している人も、四十代ではどんどん難しくなる不妊治療で無理をしています。そもそも年取ると妊娠しづらくなるのは、当然のことなのですが。私もぎりぎり三十九で妊娠出産しましたが、三十五で結婚したため、四年も妊娠しなかったのです。一度流産もしました。が、不妊治療はしませんでした。無理はしたくなかったからです。

不妊治療の経済的、精神的、肉体的負担は大変なものだと、方々から聞いていたからです。最近では男の不妊が理由で夫婦仲も家族仲も（親まで口を出す世界なので）悪くなり、離婚するケースもあるのです。長年の不妊治療のため心身ボロボロで実家に帰り、あげく乳癌になった人だっています。

ホルモンは、できるだけいじらないようにしたほうがいいと、漢方医は言います。ドクターに勧められるまま簡単にピルを飲んだり、ホルモン療法をしてしまいがちですが、後々どうなるかまでは、誰にも分からないのです。

本人はあまり欲しくなくても、周囲からプレッシャーをかけられ、不妊治療を余儀なくされる人もいます。どちらにせよ、無理をし、無理をさせられるわけです。マスコミでは不妊治療で成功した人だけを取り上げますが、実はほとんどの人が、努力叶わずできていないのが現実。

不妊治療のドクターと対談したことがあるのですが、今では不妊治療しても妊娠しない人のための、心療内科があるそうです。つまり、みんな鬱になってしまうと言うのですよ。どうしても子供が欲しい、というところから抜け出せないので、精神的に病んでしまうのだとか。

これは、不妊だけの問題ではないと思います。色んなことに、どうしてもこうでなければ、という執着があると、人は無理してしまうのです。そのとき、できなかったら仕方ないのに、潔く諦めることが、どうしてもできないのですよ。

何事も悪あがきして、力業《ちからわざ》でどうにかしようとしたら、誰かが壊れるか、自分が壊れます。仕事関係でも、夫婦関係でも、また嫁姑の関係でも、こういう無理難題を押しつけてくるパワハラ人間はいます。ほかでもない、ご本人が苦しんでおられるのです。

本当はあれもこれも欲しいのに、全てを思い通りにしたいのに、どうにもできない自分に対する怒り、ですよね。怒りを捨てるには、諦めるしかないのです。執着を捨て、ないならないなりに、ならないならならないなりに、楽しむ術を身につければ、全ては破たんしないのです。

諦める、という言葉は一見ネガティブなようですが、実はとてもポジティブな言葉。だって、死ななくて済みますからね。四十代以降は、心身健康で生きているだけで、大成功なのですよ。似合いの人生を、それぞれ歩んでいるんですから。これだけは捨てられない、というものがあれば、それがアナタなのです。

もう、無駄なことをいっぱいする体力、気力、時間はないのです。これからは、消去法で行きましょう。

第二章

肉体的健康も心が源

1 心のケアが体のケアにつながる

病は気から、というのが、四十代以降は実感できます。もちろん休息も栄養も、適度な運動も大切。でも、楽しく生活するということが一番、人を生き生きと健康にするのです。

更年期に入ってくると特に、ホルモンバランスの悪さから肉体的に不調にもなるし、精神的にもダメージを受けます。生理前は特にイライラしたり、眠れなくなったり、鬱っぽくなったりする。それが激化するのが四十代なのです。

自分がつらいと、怒りや、恨みが、近しい人に向けられます。だから家族とは、悲しいかな愛憎関係に陥るのですよ。本当は一番楽で、和気あいあいと過ごせる相手が、一番遠慮の必要な存在になってしまうのです。

家でくつろげないいたたまれなさは、お父さんたちだって実感しています。仕事を理由にあまり帰ってこないお父さんは、ま、帰宅拒否症ですよね。寝に帰ってくるならまだマシで、蒸発・家出する人、ほとんど仕事場に寝泊まりする人だっています。

独身の四十代も、肉親との関係が、不調の根底にあることもあります。結婚はしていないけど長年の付き合いのある異性との関係も、四十代では暗礁に乗り上げてきます。そしてそもそも相手のいない人は、このまま一生一人なのかという不安に襲われるでしょう。でも、相手を探すのも、新しい関係に乗り出すのも億劫。

年のせいで、また、ホルモンバランスのせいで、そういうのが面倒になるお年頃なのですが、ほったらかしておいても、いい方向には行かないのが始末に負えないところ。人は一生、「愛」という問題には翻弄され、苦しめられるものなのです。

「愛」こそ、あまりにも繊細かつ扱いが難し過ぎるため、異性との関係を完全に絶ってしまう「絶食男子」が増えてもおかしくないですよね。現代人はほんと、人類を絶滅の危機にさらしているのです。

四十代以降の肉食女子も、絶滅危惧種となりました。仕方のないことと言えば言えるのですが、ちょっとお寂しい話ではありませんか。

この、嵐のような落ち込みと、ネガティブな感情が爆発、持続する十年間を更年期と呼ぶのでしょうが、ここを無事に乗り切るために、ほかに注意を向ける、というのも一つの手です。趣味でも、仕事でもいいでしょう。

ま、帰宅拒否症のお父さん的やり方ですが、夫婦でガチに喧嘩しても、離婚問題に発展するだけですからね。うまい距離を置いて、それぞれ夢中になれることを愉しんでいれば、そのうち雲が晴れるように、悪感情の嵐は去っていくはずです。

先輩諸氏はみなそう言いますよ。私はまだ渦中なので、晴れた後の爽快感は味わっていませんけどね。閉経前後の十年という長きにわたって、体調の悪さや曇った心の状態が続くなんて耐えられないと思うけど、その後の快適さを夢見て、耐えましょう。

四十代、これからの人生を考えて大人婚する人もいれば、スッキリ離婚して強く一人で生きる人も、ギクシャクした夫婦関係を続ける人もいます。いずれにせよ、本人の選択なのですよ。もう十分大人なので、誰かに無理強いされて、いやいや言うことを聞かされている、ということはないわけですから。

どんな状況にせよ、「自分が選んでここにいる」という主体性さえあれば、精神を病むこともなく、生きていけるのではないでしょうか。病んでしまうのは、誰かのせいで自分がこうなってしまった、という被害者意識が原因なのです。

でもま、こういうことを突き詰めて考えていくとますます鬱入ってしまうので、ここんところは蓋をしておいて、今日、自分がごきげんになれることを実行してしまうのが、手っ取り早く幸せになるコツです。

三十代までは、まだ心、いやさ魂レベルまで根本解決しようという気概もあり、体力もあります。が、四十代以降は、臭いものには蓋をしておいたほうがいいこともあるのです。掘り下げると奥からどんどん出てきてしまうので、対処も大変ですからね。

これは、デトックスも同じなのです。いざデトックスし始めると、体にたまった毒素が出切るまで、大変な思いをしますから。肌にカイカイが出たりね。体の奥底にたまっているよりは、皮膚に出たほうが大病をせずに済むと言われていますが、カイカイも結構厳しいですから。お肌も汚くなるし、それでまだ落ち込んでしまいます。

四十代は、ゆくゆくのことを考えて何かするより、「今」楽しく、幸せになれることをするほうが、生きる力につながります。人間は弱いものですからね。更年期の十年間は、心身健康で生きながらえるためなら、何でもしていいと思ってください。

もちろん、人を傷つけたり、犯罪に値するようなことはNGですが、肉体的健康には悪いと分かっていても、お酒の力を借りることだってOKなのです。私は結構、四十代も飲んできましたよ。暇なときは昼から飲んでいました。

心を慰めるものが甘いものだったら、ダイエットのため禁止なんかしないで、美味しいスウィーツを堪能すべきなのです。量行かなければ、そんなに美容・健康被害もありませんから。四十代には、それまで悩みを聞いてもらってきた友達も、同世代なら更年期で、人の悩みなんか聞く余裕なくなってきます。結婚している人だって、夫が自分の悩みを聞いてくれるなんてケース、稀ですからね。

そもそも悩むこと自体が、エネルギーをガッツリ消耗してしまうので、悩まないに越したことはないのです。荒業《あらわざ》のようですが、四十代、大人女子が幸せになる秘訣は、悩まないこと。それが、この時期一番の心のケアなのです。

更年期の十年間は、不毛でも楽しいことばっかりやって、あるいは目の前のことに無心で勤《いそ》しみ、心の苦しみには目をつむって過ごしましょう。それが、あなたの健康を保ち、命を救うのです。考え始めたら、ドツボに嵌るだけですからね。

四十代で韓流スターや嵐に嵌り、すっかり健康に、幸せになった大人女子たちがたくさんいます。身近な誰かを憎んで具合悪くなっているより、ずっとマシです。私は日々ロータスに通い、仲間とおしゃべり&踊り続けています。理屈なしでスッキリしますからね。みなさんもどうですか？　一緒に踊って、この暗くて長〜い更年期を乗り切りましょう！

2 プライオリティを心身の健康に置く

日本人はプライオリティ（優先順位）を「献身の美徳」に置く傾向があります。個人主義の国から見たら信じられないぐらい、個人の自由や楽しさは追求しないのです。

会社（仕事）のため、社会のため、愛する誰かのため、家族のため……お金のため、芸術のため、という人もいるでしょう。骨身を削って身を投じてこそ、価値があるとすら思うのです。そうでない人は、自分勝手、我がまま、ろくでなし、と罵《のの》られます。

でも、個人の持つ力以上に頑張って大丈夫なほど頑強な人はいいのですが、心身壊して使いものにならなくなったり、最悪死んじゃったりしてもしょうがないですからね。宮崎駿監督の引退宣言も、死ぬまで頑張り過ぎる人へいいメッセージをくれました。

特に四十代から五十代、更年期の十年間はライフスタイルを考え直したほうがいいのです。なぜなら女性ホルモンが激減し、体の中が激動期。それだけで疲れやすく、また、精神的にもまいりやすいから。ここで無理すると、決定的に心身壊してしまいます。休めば治る、自力で治せる、通院で済むぐらいのレベルならいいですが、入院しなければならないことになると、これまた大変です。経済的な負担だけでなく、心身の負担は多大なものでしょう。

心の病はもっと深刻で、とっさに自殺してしまったりする恐れだってあります。疲れて注意力がなくなった状態では、事故も起こりやすいでしょう。この時期を難なく通過するには、何より心身の健康にプライオリティを置き、その他のことには「もっとしたい、してあげたくても我慢する」という我慢が必要です。

前出の知人の話ですが、朝から夜中まで働かなければならない部署で十年間、土日もなく最前線で活躍してきましたが、大出血で救急搬送されてから、人生を考え直したのです。もっと楽に生きられる道を選択しなければ、死んでしまうと自覚した彼女は、まず結婚という方向性で考えました。

でも、結婚こそ相手がその気にならなければできないことで、なかなかうまく行かず、諦めて暇な部署に自ら希望を出し移動したのです。そして空いた時間に、趣味のタロットカード占い教室に通い始めました。彼女はタロット占いとネコが好きで、資格を取ったら開業して猫も飼う計画なのです。

有名企業のエリート社員から、猫を抱いたタロット占い師への転身。漫画みたいですが、彼女には合っていると思います。そもそも女性が男性と肩を並べて闘う現場にいること自体、婦人科系にダメージが来ますからね。

こう言うと男尊女卑のようですが、私はフェミニストです。でも実際、女性のカラダと心は、休みなく朝から晩まで働くようにはできてないのですよ。オヤジと肩を並べて働きまくっていた頃の彼女は、美人なのにオヤジそのものでした。

もっと柔らかく生きられる道が、結婚以外にもあると思うのです。たとえば、この本の編集者Tは、実家の旅館を継ぐべく四十六歳で女将修業の道に入りました。着物を着て女らしくふるまい、お客さんに対する母性をフルに使える女将という仕事なので、編集者よりは女性性を生かせるのではないかと思います。

セラピストとかエステティシャンもいいですよね。私も三十九で子供ができてからは、フルタイムで働くことはできなくなりましたが、母性を生かす現場（家）があるということで、ライフバランスが取れているのだと思います。

仕事の時間はかなり短くなりましたが、四十代以降は「量より質」です。もし時間があっても、集中力がそんなに続かなくなりますからね。疲れていない朝の一番搾り、みたいな原稿を、皆様にお届けしています（笑）。

午前中に仕事と、家のことはざっくり仕上げて、午後は出かけて運動不足解消と気分転換をします。踊ったり、ピラティスやったり、健康づくりに時間を使うのです。

それぞれ、できることで健康づくりをしてください。歩くのが好きな人は歩いてもいいいし、泳いだり、太極拳でもいいでしょう。また、たまにはマッサージや整体でボディコンディショニングしてもらうのも、四十代以降は大切です。自分では流せない詰まりや、ほぐせない体のコリが出てきますからね。

気分転換も大切です。色んな人に出会うということも新鮮で、リフレッシュできます。お勤めをしていない人は特に意識して、色んな人が出入りする場所に出向き、お喋りする必要があるのです。家でずーっと一人でいると、鬱々としてしまいますから。

これが、お店の人だけになると散財してしまいますから、四十代は仲間づくりが大切です。私がコミュニティサロンを作ったのも、そういう理由からです。家以外に拠り所がないと、年々行くところもなく、誰にも会わず、家でも一人ぼっちになってしまいます。一人が好きでも、一日中ではふさぎ込んでしまうお年頃です。

独身でお勤めをしている人も、若い頃は週末のお誘いもたくさんあったでしょうが、四十代以降は激減します。もちろん、疲れ切っていて土日は寝だめと一週間分の洗濯、というのなら仕方がありませんが、ちょっと元気でどこかに出かけたいなぁ、健康にいいことしたいなぁという場合、参加する場所が必要ではありませんか。

「ロータスがあって良かった」

という大人女子は、独身、既婚問わずいらっしゃいます。私自身、ロータスがリフォーム中で行くところがなかった一週間は、午後一人でぶらぶらして買い物ばかりし、寂しい上に散財してしまいましたよ！

同じ思いでいる大人女子はぜひ、お近くならロータスにいらしてください。そして、遠くの方は、地元でコミュニティサロンを始めてはいかがですか？　おうちのリビングでも簡単に始められます。現代版の婦人会と考えてください。得意な料理を教えても、健康食研究会をお友達と開いてもいいじゃないですか。

ネイルサロンや、まつ毛エクステを自宅で始めて、友達から口コミでお客さんを増やしていく人も多いのです。何か好きなことがあれば資格を取り、色んなことのプチ先生を始めたら、生きがいもできるし、人にも会える。この健康効果は絶大ですよ。

3
睡眠時間を削ってまで、やるべきことなんかない

もちろん、強靭な体力と気力を持ち合わせていて、睡眠三、四時間でも全然平気、というならかまいません。でも、大抵の人はたっぷり眠らないと疲れは取れないものです。特に四十代以降は。

四十代以降、睡眠の質が下がり、また、ホルモンバランスが悪くなることから、よく眠れないときが出てきます。夜中にぱっと目が覚めてしまったり、ちょっとした物音で起こされてしまったり。再度寝ることも難しく、疲れが取れてない朝を迎えることもよくあるでしょう。

ＰＭＳ（月経前症候群）の早朝覚醒は激化し、私も四十代は夜中にどうしても眠れずワイン

を飲んでいました。五十の今はそんなことをしたら胃がやられてしまうので、ベッドタイムティなどを飲むか、メラトニン（セントジョーンズワート＝西洋オトギリソウ）のカプセルを飲んでいます。

夜中に二度目が覚めてしまったら、二度目を飲んでまた寝るのです。すると起きたり寝たりでも合計の睡眠時間が八時間となり、疲れがすっかり取れます。

人によってロングスリーパーとショートスリーパーがいますが、平均七時間ぐらいがいいと言われています。疲れが取り切れなかったら、九時間、十時間寝てもいいと思いますよ。

四十代以降、疲れを取るのに睡眠時間はほんとに大切です。うまく眠れてさえいれば、色々なことは乗り切れるのですが、眠れなくなったら結構しんどいですから。ひどい不眠には一時的に睡眠導入剤や睡眠薬が処方されますが、それも慣れると効かなくなってくると聞きます。鬱の原因の多くがまず不眠症からだそうです。

眠れないと肉体的に疲れ、ネガティブな気持ちになってしまう。不安や恐怖、怒り、悲しみやお門違いな恨みでますます眠れなくなり、夜じゅうずっと嫌なことを考えてしまう、という悪循環に嵌ってしまうのです。

ちゃんと寝ていないと思考能力も弱くなりますから、正しいことが考えられなくなり、妄想を抱くようにもなってしまうのです。現実にはない不安に苛《さいな》まれ、どんどん苦しくなっていくのです。それを口に出すと、人間関係も壊れますからね。

睡眠は昼間取るより、夜取ったほうが断然疲れが取れるので、どうしても起きていなきゃならない事情がある人以外は、早寝早起きすべきです。夜の十時から二時はお肌のゴールデンタイムとも言われています。自然治癒力が働き、病気も治してくれればホルモンバランスも整うお宝睡眠なのです。

夜、質のいい睡眠を取るには、朝早く起きて全てを前倒しでトントンと昼間のうちに済ませ、夕方以降はテンションを上げないよう、リラックスすることです。頭ばかり使って肉体的に疲れていないとこれまた眠れないので、日中歩いたり、体を動かす作業（お掃除など）や、軽い運動も大切です。

夕方以降リラックスするために、残業がもしあったら、早朝出勤で朝やることですよ。家庭でも、家族に頼まれた野暮用や家事の残りは、朝やる。夕飯の仕込みも朝のうちにやっておいて、夜は簡単な準備で食べられるようにしておくのです。

片付けは当然朝に。開運のためには食器類も食べたらすぐ片付けておくべきだと言いますが、本人が疲れて具合悪くなったら、開運も何もあったもんじゃありませんからね。私は夕飯時に晩酌してしまうので、もうあとは風呂入って寝るだけです。

お風呂も、大切な安眠ツールです。交感神経を副交感神経が優位な状態に切り替わるようにするのは、適度なお酒、ぬるいお風呂、マッサージやストレッチもいいでしょう。部屋も調光器や間接照明で薄暗くして、できたら、電気を煌々《こうこう》とつけてテレビを寝るまで見るのはやめましょう。お喋りも、本当はしないほうがいいのですが、女子にはそれはキツイかもですね。

私は夜中、眠れなくなったときは、退屈な本を読んだりします。面白い本を読み始めたり、ネットで何か検索し始めたら、どんどん眠れなくなるのは目に見えていますからね。睡眠薬用に、ゆる〜い健康雑誌など置いておくと、一ページで眠れますよ。

カモミールやラベンダーなど、リラックスできる香りのピローミストもオススメです。ホルモンバランスが悪くて眠れない生理前などは、イランイランなども効きます。あとは、目が疲れていると肩の緊張も取れず、眠れなかったりするので、目のパックなどしてもいいでしょう。レンジで温められるアイピロー、薬局でも売られています。

お酒は、私の経験上、赤ワインが一番眠くなります。真冬はホットワインや、日本酒の熱燗もいいですね。お酒が飲めない人は、カモミールティやベッドタイムティなどのハーブティを。カフェイン入りの飲み物（コーヒー、紅茶、緑茶）は午前中、少なくともランチタイムまでに一、二杯に抑えておきましょう。

午後の紅茶はルイボスティがオススメ。抗酸化作用が強くカフェインフリーで、ほとんど紅茶と同じ感覚で飲めますからね。ルイボスにマリゴールドがブレンドされたお茶が「ＴＷＧ Ｔｅａ」で売られていて、なんとお年頃にぴったりなお茶だと、思わず購入してしまいました。マリゴールドは抗炎症作用があり、目も若返らせてくれますから。

「お時間帯によっては、こちらもお薦めですよ」

と私にそのお茶を薦めたＴＷＧの店員さん、よく分かってるね〜。

四十代以降は、あの手この手で、質の高い睡眠を追求するのですよ。年を取っても、ホルモンバランスが悪くても、しっかり眠れば疲れが取れ、日中は元気ですから。元気なうちにやりたいことを思いっ切りやってしまえば、気が済んであとはリラックスできます。その心のスッキリ感も、健康には大切なのです。

四十代は、眠れずに夜中モンモンと嫌なことを考えたりしがちで、朝起きても疲れていると、ネガティブな感情が襲ってきます。それで苦しむよりは、自分がいいペースで生活できるライフスタイルを確立して、トトントトンと毎日を送るほうがいいですよ。

忘れてはいけないのが、楽しいことに嵌り過ぎて、睡眠不足になること。四十代以降、睡眠時間を削ってまでやるべきことなんてないんですから。お楽しみもほどほどに。御身お大切に。眠れなくてもとにかく早くベッドに入って、ゴロゴロしていればやがて眠くなります。

4 食べたいものを食べて太らない方法

年を取ると代謝が悪くなり、ちょっと食べても太ってしまうという話をよく聞きます。でも私は、どちらかというと四十代になってからのほうが、ちょっと不摂生すると痩せてしまう傾向です。

ま、痩せてしまう、というほどでもないんですが、いつもの中肉状態を保っていないと、体力も落ち、顔におやつれが入って老けてしまうので、それだけは避けたいんです。

みなさん、痩せたい、痩せたいと、何歳になってもおっしゃっていますが、四十代以降は多少ぽっちゃりのほうが肌に張りがあり、若々しくいられますよ。シワやたるみはやはり、痩せ過ぎると出てきます。

四十代以降はむしろ、食べ過ぎて消化不良になったり、胃腸を壊したりしないように気を付けて、いつも美味しく食べられるようにするべきなのです。それには、自分の体によく聞いて、今、何が美味しく感じ、負担にならないかを把握すること。

私は四十代前半、自分が年取ったことに気づかず、三十代と同じ食事をしていたら、消化不良で一気に七キロ痩せてしまったことがあったんです。そのときは癌かと思って病院に行きましたが、ただの加齢でした。

特に疲れているときは消化能力が落ちますね。ガッツリごちそうを食べたいのは山々でも、冬は消化のいい温かいもの、夏はサラダやフルーツで調整したいものです。足りないカロリーはワインとスウィーツで補給。大人女子のお約束です♥

体に聞きながらなら、食べたいものを食べたいだけ食べても太らないし、体調も悪くならないはずです。お酒もスウィーツも、ほんのちょっぴりだったら、心を潤しはしても、贅肉やニキビのもとにはなりません。

外食をするときは、もったいないと思わないで、残すこと。もうおなかいっぱい、となったら、残す。それは自分の体のためなのです。消化剤を買うお金を考えたら、残す食べ物の金額はもったいなくないはずです。

作ってくれた人にはごめんなさいですが、それも体のためです。私は家族で食事に行くときは、夫に食べてもらいます。お肉だったら、文句なしに平らげてくれますからね。焼肉屋なんかでは、私はお酒を飲むので、ごはんは頼まず、つまみ程度にゆっくりいただくのです。一度なんか、タン塩しか食べないうちに食事が終わっちゃったことも。

食事の量は、やはり体の大きさに比例すると思います。肉などのタンパク質は、その人の手のひらに乗っかる量しか一日には食べられないとされています。まぁ無理すれば食べられるのでしょうが、無理なく消化できる範囲ということで。

小さい人、もともと痩せ形の人はやはり、年とともに消化力の衰えが顕著になります。身長一五〇センチの私など、もう冬場は鍋や雑炊ばっかり。一番消化が良く、栄養も取れるんですよ。体もあったまります。

夏は生食で酵素をたくさん摂る絶好の機会。搾りたて生ジュースやサラダで、自家製消化酵素が足りなくても、酵素を補給できます。一年中これをするのは難儀ですが、夏の間だけなら、お年頃女子も楽しめるのではないでしょうか。

太って困る、という人は、食べたいものを替えていけばいいんですよ。そりゃ、外食三昧、コンビニのお弁当ばかりでは太って当然でしょう。スウィーツだって、無制限に食べたら太ります。

体を、体に良くないものを入れると拒否する体に、時間をかけて替えていくのです。四十代の十年間かければ、五十になる頃には、自然と太るものは受けつけない、そして太らない体質になります。

あとはやはり運動量ですよね。動かない人は、やっぱり太ってしまいます。ちょこちょこ動く、働き者は結構食べても痩せているものです。おなかが出て困るという人は、車で移動している人が多いのです。

私も四十代後半には、車をやめて自転車や電車で移動するようになってから、さらに太らなくなりましたから。面倒でも、健康と美容のためだと思えば、できます。経済的でもあるし、一挙両得ですよ。

思い出すに、私の若い頃、編集者のオジサンたちが、一駅、二駅、電車に乗らず歩いたり、ラーメンの麺だけ半分残したりしていました。それは、忙しい生活の中で健康を保つ、オッサンの知恵だったんですね。

もちろん、余裕があれば、一日小一時間はダンスやヨガなど、軽い運動をしたほうが健康度も美容度も格段にレベルアップします。でも、そんな時間もお金もないわ、という人は、普段の生活の中に運動を入れていけばいいのですよ。

床の雑巾がけなんか、相当の運動になりますよ。あれは、まさにヨガのドッグポーズですから、わざわざヨガ道場に通わなくてもヨガができ、床もキレイになるという素晴らしいものです。ま、私は面倒でやりませんけどね。「クイックルワイパー」のウエットシートでお茶を濁してます。

私のベリーダンス教室にたまに来る生徒さんで、毎日乗馬をやっているというマダムがいるんですが、彼女は根幹の筋肉がほんとにしっかりしているんです。乗馬で鍛えたコアマッスルは、たまにベリーを踊っても、ぶれない。いつも踊っている人みたいです。

運動は何でも、素晴らしい健康効果をもたらします。何か好きなことで、毎日続けられる運動の趣味を持てば、衰える筋力も強化でき、食べても太らない体質をゲットできるのです。彼女も惚れ惚れするようなナイスボディをキープしています。

座りっぱなしで働き続けなければいけない職種が一番大変なのですが、こういう人には、炭水化物減らしダイエットをお勧めします。成長期や運動する人、肉体労働の人には必要な炭水化物も、四十代以降、特に運動不足の人にはあまり必要ないようです。

全く食べないのもバランスを欠きますし、おなかも空くでしょうが、量は減らしたほうが消化も良く、痩せて体調も良くなるのです。私の友達は、主食と甘いものを減らしたら、気の流れが良くなったと、かかりつけの治療家に言われたそうです。

ま、ごはんなら半膳ですよね。それをよく噛んで、ゆっくり召し上がれ♥

5 バケーションは、いつもと違うライフスタイルで

三十代までは、休暇にも日常の趣味や日課を持ち込んで、一歩でも上達や自己管理を怠らな

いようにするものです。少しでも無駄な時間は過ごすまいと、旅先にまで仕事を持っていったり……。

そうしたい気持ちも五十の私でもまだあります。いつもの生活は忙しく、旅先では時間がたっぷりあるので、そこを有効利用しない手はないと思ってしまうのです。でもあえて我慢し、何も持っていかないことです。

何もすることがない、という暇をつくりに、せっかく旅に出かけたり、休暇を取ったりするのですから、休まなくてどうするというのでしょうか。いつもの生活ではどんどんターボかかっちゃって、「スーパー働きモード」になっているので、疲れていることすら気づきません。

でも、体や心はとっくに悲鳴を上げているのです。心は、疲れると感動がなくなりますし、体には、何らかの症状が出てきます。私の場合は目に疲れが出ていました。飛蚊症にもなっている左目がピクピクしていたのです。

東京では目を休ませようにも誘惑が多すぎて、休むことができませんでした。テレビも見たいし、ブログもアップしたいし、原稿も書きたいしで、ピクピクしながらもワクワク楽しんでいたのです。

正月旅行で十日間オーストラリアのバイロンベイに行ったのですが、目は三日後に治っていました。娘と夫はパソコンを持っていきましたが、私は何も持っていかなかったのです。スマホも持っていないので、私のガラケーでは国際携帯もかかりませんから、メールをチェックすることもできません。

オーストラリアのテレビはほとんど見るものがないし、液晶画面を見るのはデジカメで撮影したものをチェックするときだけ。あとはぼーっと、空や海、緑や現地の動物、街の人たちを見ていました。かつては、同じバイロンに行っても、ベリーダンスやヨガのクラスを受けたり、ニューエイジ系のワークショップに参加したり、チャネリングやヒーリングを受けたりしたものですが、四十代からはただただ泳ぎ、食べ、寝るだけです。

泳ぐと言っても、ホテルのプールか海の浅瀬でポシャポシャやるだけです。プールではジャグジーに入っている時間のほうが長いぐらいですが、海に行ったときは小一時間遊んでいるでしょうか。オーストラリアは水温が低く、動かないと寒いですからね。

娘は夫にサーフ・レッスンを受けていますから、それを待っている間に自分も魚や砂と戯れているわけです。日焼け対策をばっちりしても、かなり日に焼けてしまい、それだけでぐったり。お昼を食べたらもうガー寝するしかなく、昼寝も含めて一日十五時間ぐらい寝ました。

夫と娘は元気なので、私が昼寝している間にも買い物に出かけたりしています。が、四十代ともなると、女性は更年期もあって疲れやすいので、全ての行動を若い者や男性とは一緒にしないほうがいいのです。ランチビールを飲むなりして、昼寝&セルフケアに充てる。長風呂をするいい機会でもあります。

これは何も旅行に出かけなくても、自宅での休暇でできます。ちょっといい入浴剤やパックを買ってきて、だらだらとセルフケアしてもいいのです。混んでる観光地や温泉に出かけるより、ずっと休まるでしょう。

私は今回、機内でも時間がたっぷりあるので、本でも読もうかと思って持っていきましたが、結局十ページぐらいしか読めませんでした。行きも帰りもほとんど寝ていて、帰りはさすがに昼便だったので、起きてから映画を二本見ましたが。

東京では新作映画を見に行くこともうないので、ウディ・アレンの『ブルージャスミン』と、ジェニファー・アニストン主演のコメディ『ウィー・アー・ザ・ミラーズ』が見られたのは収穫でした。普段はいらないものを買うということもうないので、機内ショッピングで安いアクセサリーを買ったりするのも、若返り要素たっぷりでした（笑）。

今回の旅で分かったのは、自分がどんだけ疲れているか、ということでした。休みの日は、十五時間ぐらい寝てもいいんだなと。心して生産的なことはせず、ただただ休む。出かける前は、暇だから原稿用紙持ってって原稿書いちゃおうかなとか、娘のパソコン借りてリアルタイムでブログアップしちゃおうかなとか、画策していたのですが。

そんなことしていたら、目のピクピクは、いまだに治っていなかったでしょう。そしてまたいつもの生活を始めたら、休まる暇がありませんものね。年齢的に、体を壊すのは必至です。のんべんだらりと、ただ食って、寝て、ゴロゴロ、ぶらぶらする。それでこそ、休まるというものです。四十代前半ではまだ頑張りたい気持ちがはやってしまいますので、私も食材を買い集め、現地の友人に預けている鍋や食器を使って、ホテルのミニキッチンでも料理をしていたものです。外食が続いてしまっては、健康的でないと。

でも、もうそんな気力はありません。食材の買い出しを休めるのも、バケーションのときだけですからね。三食外食はさすがにキツイので、胃腸薬のお世話になりましたが（笑）。カフェの搾りたて生ジュースだけで、夫と娘の食事をちょっとつまむ、軽食を心掛けるという手も使いました。

太りたくないんじゃなくて、マジでおなかが痛くなってしまうんです（五十代）。四十代もそろそろそんな人、多いんじゃないでしょうか。外食もキツイけど、炊事も休めるときは休んでおいたほうがいいのです。すると、休暇が終わって久しぶりに料理したとき、うれしかったりしますからね。

ああ自分で、体に優しい美味しいものが作れ、適量食べられ、すぐ横になれる、というふだんの生活が、なんとありがたいことか分かるのです。どしゃーっとごちそうばかりをドレスアップして食べたい年でもないのですが、バケーションに行くとそんなハレの日が続きます。それはそれで、祭りとして味わってみるのですよ。

ハレとケは、人生のワンパターン化を追い出すために必要なものなのです。

6 適度な運動は人によって、年齢によって違う

体力も健康度も老化の速度も、個人差が大きいものです。なので、近くに体力のある、若々

しい人がいたからといって、真似をしてはいけません。

どの程度の健康を保てば満足かも、人によるのです。もともと病弱で、病院に行く頻度が高い人ならば、行く必要がなくなっただけでも万々歳でしょうし、薬を飲む必要がなくなったら、それはもう大きな健康への第一歩です。

逆に健康で人一倍体力があり、加齢のため頑張りがきかなくなった人は、それだけで落ち込んでしまい、精力剤など愛飲するようになるものです。でも、自然な加齢は受け入れて休むようにしないと、どこかに負担がかかるので、元気薬の飲み過ぎも危険です。

私も四十九で初めてお世話になりましたが、朝鮮人参などの滋養強壮剤は、本当に困ったときのために取っておくべきなのです。どうにもこうにも治らない、長引く風邪を治すときなどのために。普段から飲んでおくと、とっさのときのカンフル剤になりませんから。

健康のためにする運動も、過度になると体を壊します。私も四十代でだんだん、ずうっとやっていたヨガで関節や筋を痛めるようになり、今ではほんとに優しいヨガしかやっていないのです。かつては、ヨガなしでは心身の健康はあり得ないとまで思っていたのに。

年齢とともに、適度な運動はこうも変わってくるのです。今では一週間に一度のピラティス、週五日はゆるやかな「ベリーダンス健康法」、週一は完全に休むことにして、家で「和みのヨーガ」を実践しています。

それでも足りない運動不足は、移動を徒歩＆公共の乗り物にすることで解消しています。あたたかいときは自転車にも乗りますが、これも五十歳で電動自転車に替えました。坂道がどうにもこうにも、つらくなってしまったからです。心臓がバクバクいうもので。階段の上りも、駅などは家の三階分ぐらいあったりしますから、できるだけエスカレーターを使っています。若返りのためには駅の階段は絶対に上る、を習慣化すると南雲先生の本に書いてありましたが、これも心臓が……。若返ろうと思って疲れちゃったり、死んじゃってもしょうがないですからね。

ベリーダンス週五日、ピラティス週一、という運動スケジュールより、歩いたり階段上ったりするほうが楽じゃん、という人もいるでしょう。逆に毎日かなりの距離を走ったり、ウォーキングしている人、スポーツジムに通う人、泳いでる人もいます。

運動は、好きなことでなければ続きません。私はたまたま、ベリーダンスが性に合ったので、続いているのです。週一のピラティスはボディメンテナンスのために欠かせないのと、長年の友達である先生に会いに行く目的もあるのです。運動にまつわる人間関係も、運動を続ける大切な要素です。

私がコミュニティサロンを立ち上げたのも、仲間に会いに行く、という目的がイコール、体を動かすことにつながれば、という理由からなのです。年とともに億劫になっていく運動を、おしゃべりやお茶とくっつけた場を作れば、お年頃女子も心身の健康を保てるのではと。自分自身の必要性も、切実に感じましたからね。

一番残念なのは、若い頃は運動をかなりしていた人が、年とともにしなくなり、太ってしまうということです。まぁ、よくあることですが、だるいんですよね、体も心も（笑）。私の場合はもともと運動という運動をしたことがなく、大人になってから美容と健康のために始めたものですから、目的が違うので続くのかもしれません。

でもスポーツやダンスを真剣にやっていた人は、素人が健康法としてするゆる〜いそれは、ちゃんチャラおかしくてやってらんない、と思うようです。やんないほうがまし、ぐらいに。でもその結果、自分が太り過ぎて健康を害してもしょうがないですよね。

四十代以降の運動は、誰かと競争して勝つものではなく、代謝を上げ健康を保つためにあるのです。だから必要じゅうぶんならそれでよく、体を壊すまでやったらこれまた本末転倒。「適度」を知るのは自分自身なので、やってみた体感でしかないのです。

我が夫は二十年ぶりにスケートボードを再開して二日目で骨折しましたから、若い頃スポーツをかなりやっていた人でも、かつての自分レベルというのはいったん忘れたほうがいいかもしれません。なにせブランク二十年というのは、加齢もあって、何もやってないのと同じですからね。

特にこれといった、やりたいスポーツがない人は、日々の生活の中で簡単なストレッチや徒歩、家事などで運動不足を解消するのがオススメです。だらだらしていて何もしないと、どんどん体調が悪くなってくるし、関節の固まりや筋力の衰えから、故障を起こしやすくなってきますからね。

何も考えずに四十代を過ごしていると、知らないうちにぎっくり腰や坐骨神経痛、四十肩になったりしますから、要注意。そこから運動を始めるより、痛い思いをする前に、軽い運動を始めたほうがよろしいのです。

私が四十代で実感したのは、心と体は実に一つ、ということです。心のストレスを取るにも、体を動かすことが最速。体の不調を治すには、まず適度な運動を日常に取り入れることに一歩踏み出すという、「心」を持たねばならないからです。

それぞれ、できることでいいのです。私は歩くのが苦手ですが、歩くだけなら一日歩いていても平気という人だっています。休みの日に買い物をしながら一日街をぶらぶらするのが唯一の運動不足解消、という同世代女子もいるのです。

私も三十代は、健康のために一時間もウォーキングしたりしましたが、今では必要最低限しか歩けません。体力のある夫や娘に付き合って買い物していると、三時間も歩かされてもうクタクタ。足も痛くなって楽しいどころではありません。私には十分から二十分ぐらいが適度な徒歩なのです。個人差、年齢的なもの、大きいところです。

四十代の十年間は、自分の変化を注意深く観察しつつ、適度な運動を生活に取り入れていくのです。そしてそれは、一年おきにリニューアルしてもいいかもしれません。最低でも二年おき、三年おきには必要性からリニューアルせざるを得ませんから。その時期も人それぞれ。自己観察と体感チェックが、最も大切なのが四十代なのです。

7 頑張りのコリがつくと、その部分が固まる

四十九歳で「和みのヨーガ」に出会い、自分がまだまだ頑張り過ぎていたんだということに気づいた私。人からは「かなりゆるい」、と言われている私でも頑張り過ぎているんだから、世の中の女性たちはどんだけ頑張っているのかと思うと、さぞおつらいだろうと想像できます。日本人は、「幸せ感」の低い国民と言われています。人生はつらくて当たり前、体もしんどくて当たり前という人が多いのだとか。でもそういう状況をほっとくと、年とともにどんどんしんどくなり、最悪病気になってしまうわけで、四十代にはなんとかしとかなきゃならないと思うのです。

私たち世代の親は子供に厳しく、時代的に自分も苦労してきたから、子供にも当たり前のように頑張らせます。つらいからやめたい、というのは、情けない、だらしないことなのでNGなのです。社会生活しかり、結婚生活しかり。

真面目ないい人になればなるほど、そういう親の躾けが行き届いていて、大人になっても「自分を見張る自分（親の分身）」がいて、常に監視されています。でなければ、上司や同僚、友達や家族が見張っていて、だらしない行動を許さないのです。

体力にも気力にも個人差があり、みんな同じにはできないのですが、できる人目線で見ると、できないことはダメなこと。本当に疲れていて、もう無理、と思っても、人並みの、あるいは理想的な生活を維持するために、カフェインや甘いものでエナジーチャージして、家事も仕事もきっちり仕上げてしまうでしょう。

私もそうです。昨日も、午後三時に熱い紅茶を二杯と甘〜いお菓子で気合を入れ直し、ビーフシチューを仕込みました。煮込んでいる間に干していた布団に洗い立てのカバーを掛け替え、お風呂の掃除をして、洗濯物畳み。娘の衣類を整理整頓して、夕飯にこぎつけたのです。

三十代には、太ることのほうが恐ろしくて、甘いものも控えていましたが、四十代以降はもう、血糖値でも上げなきゃ体も頭も動かないときが多く、前向きに楽しんでいます。かつて、おじいちゃんが大福食べながら日本酒を飲んでいるという話を友達から聞いて驚いたものですが、すでに自分もその域に……。

お酒も、カフェインも、甘いものも、一種麻薬なのです。健康のためには、カフェインフリー、アルコールフリー、低GI値（血糖指数）の食品が望ましいのですが、かったるさには勝てません。疲れているときに、ハーブティを飲んでゆったりしていられたら、そりゃいいでしょうけど、たまった仕事や家事は、誰がしてくれるというのでしょうか。

理想と現実は、かくも違うもの。それでも私たちは、そんな中でどうにか、心身の健康を保ち、幸せに生きていかねばなりません。何のために生まれてきたのかと思うなら、それは、誰しも幸せになるために生まれてきたのですからね。

でも、その幸せのために、心身壊れるほど頑張る必要はないのです。心身壊れてしまったら本末転倒。今ある目の前のちっちゃな幸せすら、味わえなくなってしまいますからね。四十代以降はとにかく、心身健康であることがイコール幸せなのです。

毎年、年末はみなさん疲れがたまっている時期ですが、私も四十九の年末に、「和みのヨーガ」道場に駆け込みました。創設者ガンダーリ松本先生の本を読んで、「体をゆるめると、本当の幸せが手に入る」というフレーズに、すがるようにして赴いたのです。

実際このヨガは、簡単なマッサージで体をゆるめていくもので、「脳と身体をつなぐ」作業をしていきます。ポーズはほとんどしないのでヨガっぽくないのですが、もともとヨガは体と精神を「つなぐ」という意味の言葉なので、これはまさにヨガなのです。

初めての「和みのヨーガ」のあと、私は三日間ぐらいなんにもする気がしなくて、寝ていました。それぐらい、疲れていたらしいのですが、自分でもそれに気づかなくなってしまっていたのです。ただ気持ちが鬱っぽくなっちゃって、なんにも家事協力してくれない夫への恨みが募っていました。

家庭の主婦ならば、同じような状況下にある人が多いでしょうし、会社でも、使えない部下や意地悪な上司、ずるい同僚のせいで、自分がそのぶん働かなければならなくなっている人、多いでしょう。

自分がやらねば、誰がやるのか？　という使命感にかられ、つい頑張り過ぎてしまう。それはそれでまた、達成感があったりして気持ちもいいので、頑張れるぎりぎりまで頑張ってしまうのですが、実は体は悲鳴を上げています。肉体的に壊れる前に、まず気持ちが落ち込み信号を出してくれるので、それを見逃さないことです。

本当は、気持ちが落ち込む前に、休んであげられればいいのですが、なかなかその必要性にも気づかないのが現代人。ランナーズハイになっているので、常識的にはできない量の仕事をこなすことに快感を覚えているのです。これも麻薬的なものがあるので、なかなかやめられませんよね。

そこで、ゆるめてあげるという体からのアプローチをすると、ふうっと頑張りのコリが取れていきます。仕事の種類によって、頑張っている部分がコルので、そこを中心に体はつらくなっていくのです。

緊張の糸を解きほぐしていくと、眠くなってきます。眠ることが、一番疲れを取ってくれるのです。寝ている間に、疲れもコリも、どんどん取れていきます。カラダは勝手に、悪いところも修復してくれるのです。寝てばかりいると生産的でないダメ人間のようですが、自然治癒力を最大限に発揮している、経済的な身体、と言えるでしょう。

心身壊すと、働けなくなるどころか、治療にお金も時間もかかってしまいますからね。本人もつらいし、家族にも被害が及びます。悲しい、寂しい気持ちにもさせてしまうでしょう。家族を幸せにしようと思って、自分も幸せになろうと思ってしたことなのに、頑張り過ぎては、そもそも本末転倒なのです。

多少頑張ることが、もちろん人生には必要です。でもこれからは、「バランスを取る」、ということがもっと必要になってきます。年齢とともに、心身は壊れやすくなっていきますから。バランスは難しく、でも、そこを追求すると、結局は楽なのですよ。

8 いつもの姿勢は生きる姿勢につながる

四十代は、更年期症状が激化する中で、大変ながらも実は「自分をリセットする大切な時期」なのです。諦めも含めて、自分の器を知り、それなりに前向きに生きていく術を身につける。これは、本当の意味で大人になる、ということなのではないかと思います。

三十代までは経済的な自立を追い求め、夢を追いかけ、勢いで生きられたけど、四十代からは加齢現象も出てくるので、ちょっと立ち止まって考えざるを得ない。それと同時に、周囲も同じように年を取っていきます。

同世代の友人、連れ合い、みな同じような現象に見舞われているので、以前のようには頼れなくなってくる。すると、必然的に自己解決せざるを得なくなってくるのです。人それぞれ、それなりの方法を身につけ、大丈夫な自分づくりをしていく。それが、四十代での自立と言えるのではないでしょうか。

もちろん、同じ体験をしている同世代の友達と、気持ちや感想、解決方法をシェアするのは大切です。困っているのは自分だけじゃないんだなと思えるし、励まし合い、また笑い合うことができます。痛みを笑いに変えるのは、人間関係の大きなメリットなのです。一人でモンモンと悩んでいては、笑えないほど深刻ですからね、四十代の悩みは。

ただ、誰かになんとかしてもらおうという依存心は、四十代ではもう捨ててください。プロの意見や経験者のお知恵をお借りするのはいいですが、あとは自分でなんとかせねば身につきません。身につけてこそ、これから先も大丈夫になるのですから。

私も「ベリーダンス健康法」のクラスで色々教えていますが、身について、どんどん上達し、四十代でも人生を切り開いていく人は、教わったことをすぐ実行しています。一週間に一度のクラスだけでなく、家でも自主練しているのです。自分の中で噛み砕いて、生活に取り入れられてこそ、身にもなる。

ダンスでも、ほかの健康法でも、仕事でも習い事でも家事でも、全ての道は一つにつながっているのです。それはつまり、生きることそのもの。生活全般に及び、人生をも変えるのです。無駄なことは一つもなく、興味を持って臨めば、それだけではない恩恵が得られます。

たとえば、私のベリーダンスの生徒さんで、四十代後半でセレブ婚をした人は、華麗なる新婚旅行（豪華客船ヨーロッパ周遊）で、ストラップレスのドレスを着てもさまになって褒められたといいます。外国人カメラマンによる撮影会もあり、妖艶なポーズも指示されたのですが、自信を持って優雅に演じられたのはベリーのおかげだと（笑）。

伊勢丹のカラーフォーマル売り場で試着しても、店員さんに「着慣れておいでですね」と褒められたとか。ベリーダンスではカップ付きタンクに長いスカートをはいて踊るので、裾さばきもうまくなり、いきなりロングドレスを着ても、ぎこちない歩きになることもないのです。

体のラインがもろ見える恰好で鏡を見ながら動き、いつも綺麗な姿勢や女らしい動きをダンスのために練習していますから、自然に身につき、普段の所作も変わってきます。フォーマルパーティなどの機会に恵まれても、たじろがないで済むのです。優雅に歩け、着席でき、立ち上がります。肌も露出し慣れていますから、イブニングドレスも恥ずかしくなく、堂々と着こなせるのです。

「どうせ私には、そんな機会はこの先やってこないから……」

と思ったそこのアナタ！　人生何があるか分かりませんよ。なんでも起こりうるのが二十一世紀ですから、器（肉体）の管理だけは怠ってはいけないのです。

いつもの生活が、家事労働や仕事だけになってしまうと、その形に体が固まってしまいます。これまでは良くても、四十代からはそれを実感するでしょう。だからそうではない姿勢、動きでバランスを取ってあげるのが、健康を保ち、美容度もUPしてくれるのです。

ヨガやダンスがいいと思うのは、日常ではあり得ない動きをするというところで、それでこそ全身運動になるのです。幼い子供の頃は、四つん這いになったり、でんぐり返ったりして色々な動きを楽しんでいますが、大人になるにつれ決まった数少ない動きでしか生活しなくなる。これが体を硬くするのです。同時に心も頑なになります。

スポーツならなんでもいいというわけでもなく、スポーツによっては、一定の動きを繰り返すことから、体にゆがみが出てきたり、やり過ぎると故障を起こしたりします。なので、ゴルフやテニスで右手から左方向へのねじりばかり使う人は、逆にひねる運動を足してあげるといいかもしれません。

私もダンスでなんとか健康を保っていますが、やはり長年のパソコン肩はしぶとく、ピラティスの先生には毎週直されています。右利きなので、右にどんどん力が入っちゃって、キーボードを打ち込むうちに、右肩が前のめりになってしまうのです。

五十の今、そのせいで右側が委縮して、肝臓も肺も少々苦しい状態になっています。それを開いて楽にしてあげるのは、意識して右側を開く運動、呼吸法をしてあげねばならないのです。なかなか自分では、できないのですけどね。何も考えずにダンスするのが一番楽なので、活元運動的に自由に踊っています（笑）。

猫背で家事労働ばかりしていると、自分を家政婦のミタみたいに感じてしまいませんか？座ってパソコンでばかり仕事をしていると、パソコンみたいに全身が硬くなってきませんか？頭ばかりがピカピカに働いて、ずーっと電気がついた状態になり、夜もぐっすり眠れなかったり……。

あなたは、素敵な一人の女性であり、柔らかくて温かい人間なのですよ。そんなロボット的な立場に自分を追いやらず、優雅に生きることを自分に許してください。家から出ない日でも、鏡の前で姿勢を正し、美しく見える恰好に着替えてください。

パソコンにばかり触らなきゃいけない仕事の方は、ペットや親しい人など、生きている柔ら

かいものに触ってください。そうやってバランスを取るのです。オフィスの椅子に座ったまま
でも、ちょっとしたストレッチをするだけで、気分がスッキリしますよ。

第三章

❤

人は一人で生まれ、一人で死んでいく

1 誰にも期待しない、期待させない

私は三十代の初めに、ロンドンから来ていたチャネラーに見てもらい、初めて「魂の使命」みたいなものを知らされました。

「あなたの魂は、正直さと、ユーモアでできています。だからいつ何時でも、それを忘れないことが大切」

と言われて、「確かに！」と思いました。理屈ではなく、嘘っぽいことには虫唾《むしず》が走り、真面目すぎるとついちゃちゃを入れたくなる性分は、家庭環境やDNAを超える何かだと、本人的にも思っていたのでした。

「何度も何度も生まれ変わっていますが、ほとんどが女性でした。女性であるがゆえに苦しんだことも多いので、現世では、男女平等を心掛けて生きてくださいね」

そのことに関しては、大人になってから痛い思いも含めてさんざん考えさせられているので、自分でも「女の自立」、「男女平等」を目指して生きていました。しかし世の男性、男性性が薄いと思われた我が夫ですら、四十代ともなると父性を発揮し始め、バリバリ男尊女卑オヤジと化すわけで、折れないわけにも行かなくなるのです。

「女性の自立」や「男女平等」を掲げて男性と闘い始めると、それはもう普通の生活もままならないぐらいの戦争になってしまうので、四十代以降はやめといたほうがいいと、私は思います。独身でフェミニストとして生きる覚悟があれば別ですが。

家庭を持ちたかったら、女装をして女らしくし、家庭的なふりをしている必要があります。男が稼いで、女は家のことと子供のことをする、というのが日本男児に刻まれたDNAなので、そうでないと男性は満足しないんですよ。若い頃どんなに理想を追求しても、年とともにメッキが剥げてくる。四十代ともなると誰だって、家に帰ってきたら横んなってなんにもしない、フツーのオヤジと化すのです。

チャネラーとのセッションの最後に、

「あなたはもうじゅうぶん、経済的自立を達成しました。これからは、心の自立を目指してくださいね」

と言われ、二十年近くも「ハテナ?」と思っていました。精神的に誰にも頼らず、自己完結しちゃったら、人間関係も必要なくなっちゃうじゃないかと思っていたのです。

ところが四十代になり、年々、近しい人に期待すればするほど、つらい思いをするようになってしまったのです。誰しも親友や連れ合いなど、近しい人には、甘えがありますよね。こうしてほしい、ああしてほしい、こうしてくれてもいいじゃない、という。でもそれら全てを捨てないと、幸せにはなれないのですよ。

期待すると、必ず裏切られます。もちろん、期待通りに相手がしてくれる、恵まれた人もいるでしょう。でもほとんどの場合、我がままを聞く側も年取っていますから、相手の要求にはこたえきれなくなってくる。

それを逆恨みしてしまうと、ますます自分もつらく、人間関係にもヒビが入りますから、決してしてはいけないのです。私も四十九歳まで苦しみましたが、五十を前にして悟りました。誰にも期待しないし、させなければいいのです。

おおよそほとんどの人間関係は、期待と裏切りで愛憎関係に陥っていますよね。そんな苦しみを、後半の人生で味わう必要は全くないのです。体力も気力も年々目減りしていますから、人間関係で苦しんでいたら、心身の健康を保てません。

近しい人に期待しないと、楽ですよ〜。自分も期待しなければ、期待されたことについて頑張る必要もありませんからね。自分が楽しめる範囲でだけやればいいわけで、「誰々のために……」と、恨みがましくなることもないのですから。

生活のため最低限の協力関係は維持せねばなりませんが、それ以上はナシにしたほうが気持ちも楽なのです。期待されるほうも、期待に添えるほど頑張れなかったら、つらいだけですからね。

四十代以降は、自分も、人も楽なようにしてあげる。それが一番の親切なのです。私も以前は毎週親友に会わねば気が済みませんでしたが、今は年に数回、誕生日やクリスマスなどの記念日限定となりました。

というのも、年齢のせいで日時を合わせて赴くのが大変になってくるからです。自分も大変なのだから、相手も大変なのが理解できます。彼女は一人暮らしで、映画でも美術館でも一人で行ける人なので、誰かと都合を合わせるより、単独行動のほうがよっぽど楽で楽しいのです。

お土産やお裾分けなどは、以前はそのためにわざわざ会っていましたが、今では宅急便で送ってしまいます。そのほうがお互い楽だし、気持ちは通じ合えますからね。お喋りも長くなるとお互い疲れるので、ショートメッセージサービスで手短に。その代わり、たまに会ったときには思い切りお喋りします。

車を持つ夫にも、以前はついでの送り迎えをお願いしていましたが、お互い相手の時間に合わせるのが苦痛になってきましたので、お願いしないことにしました。そのほうが気も楽だし、お互い機嫌良くいられるからです。

風呂、飯、掃除、洗濯が整っていて、妻はいないも同然、というのが日本男児の楽な生活なので、そうしてあげているのです。今更妻に気を使って生活したくもないでしょうしね。ただ身の回りの世話と子供のことはやってもらわなきゃ困るでしょうし。

男の人に幸せにしてもらおうというファンタジーは、四十代以降捨ててください。もちろん、四十代で恋愛して、結婚、今まさにラブラブというお二人なら、これから死ぬまでお互いを思いやり、喜ばせ合えるのでしょうが。

すでに何十年も連れ合っているカップルは、お互いに期待せず、期待させず、相手のことはそっとしておいたほうが無難です。この諦めがつくと、本当に幸せになれますよ。逆に「少なくとも家族がいて良かった」と思えますから。

お一人様でも大丈夫な人は、四十代では「一生一人かも……」なんて悩みますが、五十の声を聴く頃には、一人で良かったと思えます。私もたまに夫も娘もいない夜を過ごすと実感するのですが、自分のペースで生活できるのって、本当に楽なんですよ。誰にも気兼ねなくゆっくりでき、たっぷり休めます。

2 仲間はずれにされても、やりたくないことはしない

付き合いのいい人は、多くの人から好かれます。でも、四十代ともなると、付き合いでやりたくないことをすると、事故や体調不良、病気の原因になってしまうのです。家族や友達のみならず、ＰＴＡやママ友、仕事関係やご近所の付き合いにまで翻弄されると、体調を整えることすら難しくなってきます。

私の知り合いで、本当に付き合いのいい人がいました。強く誘われると断れない性格で、頼まれたことは一生懸命頑張ってしまいます。いい人なだけに、ボス猿的なママにいじめられた人の相談に乗り、結果的に自分がいじめられたり……。

結局、彼女は四十四歳という若さで、癌でこの世を去ったのです。通院で放射線治療をしていた頃も、ボロボロに衰弱しているのに、ボスママから頼まれたことを嫌と言えずしていたと

いいます。病気の原因はストレス、という言葉を痛く感じた出来事でした。

気の弱い人は、みんなの和からはずれるのが嫌で、ついついやりたくないことまでやり、無理なことでも引き受けてしまいがちです。社会生活もそうですが、私生活においても、つい情にほだされて、できない相談にも乗ってしまうのではないでしょうか。その結果、自分で自分の首を絞めることになるのです。

三十代までは、若さで乗り切れたものも、四十代からは無理がきかなくってきます。相当の気力、体力、時間、経済力、つまり余裕がある人ならともかく、自分の世話だけでいっぱいいっぱいという場合は、とても人の世話まで手が回りません。

家族のお願いにも、無理なときは最初から断ったほうが、痛い思いをしないで済みます。私も、四十代後半、更年期のせいか生理で頭がぼーっとして、とても出かけられるような状態じゃないときに、娘のダンスイベントで西葛西まで行かねばならなく、車をぶつけてしまいました。首都高を走り、西葛西に降りて駐車場に入った途端、気がゆるんだんでしょう。駐車場内のガードレールにこすってしまったのです。夫に激怒され、家出騒動にまで発展したので、以来、車を運転するのをやめたのです。私や娘が怪我をしたり、人身事故じゃなかっただけまだマシだと思ったのです。車をぶつけたぐらいで、必要以上に怒られ、人格全否定されるのもムカつきますからね。

ベビーシッターがいなくなった幼稚園年長から小学校四年まで、学校や習い事の送り迎えをしてきましたが、もう一人で行ける年齢になったのだから、甘えないでくれと娘にも頼み、自分の負担を減らしたのです。娘がインド人学校に通い始めてからは、慣れるまで二週間、学校までの送り迎えもさせられ、その際も、一度車をガードレールにぶつけていますからね。

朝六時に弁当作って七時に一緒に出かけ、帰ってきて仕事と家事をしてまた迎えに行く。という生活を繰り返していたら、疲労困憊で風邪を引き、無理して送り迎えを続けていたら、あわや大惨事というところまで、追いつめられてしまったのです。

このときも夫は、娘と私が無事だったということに安堵するより、車が傷つけられたことで怒り狂っていましたからね。私も夫婦喧嘩の際、夫に「りかふんは俺の言うことを全く聞いてくんねえ!」と怒鳴られたので、文句を言われたくない一心でチャレンジしたのですが、結局、自分に無理させる夫をもっと嫌いになっただけで、いいことは一つもありませんでした。

車があればあったで便利なので、使えれば使いたいと思いますが、夫にいちいちお伺いを立てて借りるのも面倒だし、自分の車を持ったら娘の送り迎えをしなきゃならないので、ないほうがましなのです。

車がない生活は不便ですが、考えようによっては嫌でも歩くようになるから、美容と健康にもいいし、なにしろ江戸川まで娘の送り迎えをしなくて済むのが一番ありがたいのです。時間も体力も気力も恐ろしく消費しますからね。子供は何歳になっても甘えるものなので、頼めるなら送り迎えを頼みたいと狙っています。夫は時間的余裕さえあれば、江戸川まで送るのもお安い御用と思うみたいですが。

なんせ自分と娘で勝手に行かせる、行くと決めたインド人学校ですからね。私は毎日弁当作るのが嫌なのと、家から二分のところの小学校、五分のところに中学校があって、一時間半もかかる学校に通うバカがいるかと反対したんですが。

第一こんなご時世、フリーランスの親に仕事が続かなくなる事態だってあるわけで、中学まで公立、そのとき親に余力あれば進学、という選択肢が無難なのです。わざわざ私学に入れて、毎日重いバックパックとランチバッグを持って、満員電車で通わせる必要が、どこにあるというのでしょうか。

夫はバケーションも、自分の好きなサーフィンを満喫して、家族にも海遊びに付き合ってほしいので、もう冬はオーストラリア、夏はマウイ各十日間、と決めているようですが、私はすることがないので、一緒に行ってもひたすらぼーっとすることになります。ま、これはこれで、休めていいのですけどね。

無理して付き合うと、初夏のオーストラリアでは水温が低すぎて手足が凍えたり、子宮筋腫が痛くなったりしてしまいますから。食事はさすがに自分だけ自炊するわけには行かないので三食付き合うと、消化不良で苦しむことになります。胃腸薬を成田で買って、飲み続けました。

買い物も、三時間もあれやこれや見て歩きたい夫に付き合うのはもう無理。足が棒みたいになって、とても楽しいという世界ではないのです。だいたい、そこまでして、最早欲しいものなんてなんにもないですからね。

日本では休日も二人で買い物には行ってもらい、私はロータスに。バケーション時も、午後の買い物に誘われないよう、ランチビールを飲んで、

「私はお昼寝してるね」

と辞退します。気の若い夫と、ほんとに若い娘とで楽しんでもらって、私はゆっくりさせてもらったほうがずっといいからです。仲間はずれ万歳！　マイペースで体調がいいほうが、「みんなでやった」という楽しさより、ずっとありがたいですよ。

3 小さな夢を日々かなえていく生き方

人という文字は「一つ」と「一つ」が寄り合ってできていると言われています。半世紀生きてきて私が感じるのは、両方が同じ重さで寄りかかり合えば、ずっと立っていられるのですが、どちらかが寄りかかり過ぎると、倒れてしまうのもまた真実です。


それが人というものなのです。スピリチュアル・カウンセラーの江原さんに、もう二十年近く前お会いしたとき、

「人はみな人生という川を泳いでいるんだから、隣で溺れそうになっている人を励ますことはできても、助けることはできない。自分も泳ぎ続けなきゃならないからね。二人で溺れてしまってはしょうがないわけで。日本人は自立ができてないから、これからは自立がテーマです」

とおっしゃっていました。

その言葉をこの二十年の間、折に触れて、思い出し、今でもしみじみ、「まだ今一つできていないなぁ」と反省。もちろん、完璧にできている素晴らしい人もいますが、多くの人はできてなく、そのために悩み、苦しんでいるのではないでしょうか。

同じ頃、ロンドンから来たチャネラーにも「心の自立」というお題を言い渡された私でも、二十年かかってやっとなんとか会得できたような気がしているだけですからね。

「人は一人で生まれ、一人で死んでいく」という事実を常に忘れなければ、依存し過ぎることもないと思うのですが。

ただそばにいてくれるだけでありがたいと思えれば、近しい人には誰にでも感謝したくなるでしょう。それを、ああしてくれればいいのに、こうしてくれてもいいのに、と我がままばかり思っていては、自分自身が不足感から幸せになれません。

誰かに幸せにしてほしいと思うのは、四十代に至ってはもう幻想です。自分の力でできないことは、潔く諦めるしかないのです。もちろん、四十代でもセレブ婚をして夢の生活を手に入れた人もいます。でも、それだけの魅力と努力があってのことなので、これもその人の実力なのです。

努力する気合も魅力も何もないのに、ただふてぶてしく「あーあ、ベンツに乗った王子様が迎えに来て、一生贅沢三昧させてくんねーかな」なんて思っていても、日々年を取っていくだけですから。ここは一つ冷静になって、自分を客観視してみましょう。

隣の芝生は青く見えるものですが、ではその生活を維持するためにしなければならない努力を、あなたは果たしてできるでしょうか。人には才能や適性というものがありますし、誰でもできることなんて、限られていると思います。

だからそれよりも、自分らしく生きられる場所を自らクリエイトする、ということのほうが重要になってくるのです。なにしろ、自分を一番分かっているのは、生まれてからこのかた、半世紀近くも一緒に生きてきた、自分ですからね。

自分の器を知り、どういう規模で、どのぐらいの仕事量で、どういったライフスタイルなら、心地よく日々を生活できるかというものを把握すれば、満足した日々を暮らしていけるのです。つらい状況に自分を追い込むこともなく、誰かを恨むこともなくなります。

四十代で、ただ生活の安定を求めて結婚相談所に登録した人を何人か知っていますが、あまりうまく行っていません。何十人とお見合いしても、自分が気に入った相手からは、年齢的なこともあり断られたり……。

一部上場企業の安定したサラリーマンとか、年収一千万以上とか、財産家とかを条件に掲げても、自分がもう四十代なら、そこまで高く売れる商品ではないことを自覚すべきなのです。ただもうこれ以上一人で生きたくない、家族が欲しいと思うなら、生活の安定や年収は気にしなくてもいいはずですし。

私も本当に幸せになってほしいと思う大人女子には独身男性を紹介してきましたが、みなさん贅沢なことばかり言って、お見合い以降二人で会おうともしないので、もうやめました。自分だって完璧じゃないのに、相手に理想を求めるなんて、おかしいんですけど、みなさん、結構贅沢なんですよねぇ。

私が三十五で結婚したとき、当時年下で私より年収も少なく、フリーランスで生活の安定もない現夫との結婚を、叔母は反対しました。「大学だってリカちゃんより格下じゃないの」と。ま、同じ私立の美大なので、大差ないんですけどね。

ところが私の年齢を知った途端、「三十五？　ええっ、若く見えるからまだ二十代だと思ってた。じゃあいいよ、もう、玉の輿どころか泥のコシじゃない。もらってもらえるだけありがたいと思わなきゃ」と、叔母は私たちの結婚を一笑に付したのです。

私の場合は、若い頃かなり年上の彼と同棲していて、亡くなった奥さんとの間に二人の子供がいて、祖父母の元で暮らしていました。私と暮らしていても、彼の頭の中には常にかつての家族のことがあり、寂しい思いをしたことから、いつかはきっと自分の家族を持つんだという夢を抱いておりました。

その夢を果たすにも、自分らしく生きたいという夢もあり、なかなか結婚にまで行きつけなかったのです。「自己実現」という夢を果たすのに時間がかかり過ぎて、行き遅れている大人女子は多いと思います。もうじゅうぶん自己実現したときには、すでに四十代。世の中的には「泥のコシ」と言われる年齢になってしまっているのです。

まだ四十代前半の人は、結婚しながらでも自己実現を続けられることも覚えておいてください。仕事も趣味も社会生活も、「これで終わり」ということは決してないのですから。細々でも続けていける道が、きっとあるはずです。あるいは、結婚を機に華麗なる転身をはかることも……。

お一人様でも、自分のちっちゃな夢を日々かなえていく人生は素敵です。もちろん、大きな夢に向かって努力している人もいるでしょう。ただ一つだけ言えるのは、贅沢は言わないことです。ファンタジーを夢想しているだけで、現実生活をまるで変えない人よりは、ちっちゃい住まいでも綺麗に掃除し、花を一輪飾る人のほうが、幸せへの一歩を踏み出しています。案ずるより産むが易《やす》しなのですよ。

4 どんな生活にも苦しみはある

四十代で結婚したいという人は、リーマンショック後、そして震災後ますます増えています。それは、経済的な不安と、もうこれ以上一人では生きたくないという気持ちからなのかもしれません。

イケイケどんどんだった頃は、一人で生きていく経済的自信もあるし、様々なお誘いもあるので別に一人でも寂しくない。でも、四十代になり体力的な不安も感じ始めると、「誰かに養ってほしい」という気持ちが強くなってくるのでしょう。

でも、どんな生活にも苦しみはあるので、その苦労と引き換えの幸せと言ってもいいでしょう。結婚していたって養ってもらえない場合もあるし、四十代ともなると男も頑固になってきますから、お一人様のほうがよっぽど楽、ということもあるわけです。

結婚したいのになかなか結婚できない四十路の友達に、

「結婚だけが幸せじゃないよ」

と言うと、

「理香さんは結婚もしているし、子供もいるからそんなことが言えるんだよ」

と言われます。こちらから言わせれば、結婚のいい部分にしかフォーカスしていないから、羨ましいとも思い、自分もしたいと思うのです。

結婚生活だけは、経験してみないと分からない苦労が、みなさんおありだと思うのですよ。なんせ他人同士が何十年も一緒に暮らすわけですから。人は成長もするし、変わりもします。もともと他人なわけですから、家族であっても大変な距離を感じることもあるのです。結婚しているからって、孤独でないとも限らないのですよ。

子供に関しても、四十代では妊娠しづらくなっていますので、結婚してもなかなかできない方が、躍起になって不妊治療をしているのを見ると、思わず、

「一度、諦めてみては？」

と言いたくなってしまいます。

というのは、私も三十五で結婚して、一度流産、なかなかできなかった四年間を経験しているからです。長い間苦しみましたが、諦めた半年後に授かったので、「諦めた途端にできる」

という俗説は本当だったのだと実感したのです。

私の親友は同じ年でお一人様ですが、ぜんぜん寂しそうでもないし、楽しくやっています。いつ会ってもご機嫌で、不倫していたときのほうがよっぽど不機嫌なことが多かったのです。四十代中盤で別れ、以来楽しく生活していますよ。長年飼った猫が死んだときは心配でしたが、今は若い猫も来て、ますます楽しそうなのです。

彼女はお母さんが残したマンションに一人で住んでいるので、四十路の友達はそれをまた羨ましがるのです。

「そりゃマンション持ってたりしたら、一人でもやってける自信持てるだろうけどさ」

と。私は、ロータスのリフォームをした経験から言いました。

「しかしマンションも老朽化するしねー、メンテナンスにお金がかかるから、持ってたら持ってたで大変だよー」

と。新築同然に綺麗にしたって、二十年も経てばボロボロになってしまうのです。形あるものは、あっという間に壊れるのですよ。私の親友だって、上の階からの水漏れがあったり、お風呂やトイレが壊れたりで、たびたび大変な思いや散財をしています。

私も一軒家に住み始めて六年、メンテナンスにここまで手間とお金がかかるのかと驚いています。マンションは持ち家でも管理費を毎月支払っているので、メンテナンスはやってもらえるし、外回りのお掃除もしてもらえます。賃貸なら家の何かが壊れても、大家さんが直してくれますから、もっと楽です。

羨ましいと思う人の生活にも、苦しみは必ずあるんですよ。四十代でセレブ婚した女性が、ロータスのクリスマスパーティにバンクリのネックレスとイヤリングのセットをつけて登場すると、四十代独身女子の目は釘づけになりました。

「絶対クリスマスプレゼントに買わせたよね」

と……。私は言いました。

「でもねー、それ買ってもらわなきゃやってらんないぐらい、大変なんだと思うよ〜」

と。お金があったらあったで大変なんですよ。私はバブルのとき株屋と四年半住んでいたので分かります。二十代前半という若くて勢いがあったときだからこそ楽しめた金満生活も、四十代でするとしたら、かなりの生き地獄でしょうからね。

まず加齢に逆らって美貌を保たなきゃいけないし、旦那様とその関係者及び家族には気を使い、立てなきゃならないし、その家のしきたりを学び、踏襲しなきゃなんないでしょう。四十代後半で奇跡の不妊治療にも挑まなきゃなんないし、のんべんだらりと好きなことだけやって、お気楽に太ってなんていられませんよ。

お金持ちの男性は霜降り牛やケーキなど大好きで太っているものですが、奥方は一緒に太っちゃいけないんですから、一口しか食べられません。代わりにブランド物のジュエリーでも買ってもらわなきゃ、そりゃやってらんないでしょう。美容を諦めたら諦めたで、またこれも悲惨ですからね。

私はよくグルメスーパーで、大量の高級食材を買い込んでいるお金持ちの主婦を発見しますが、胸が痛みます。家族が毎日大量のごちそうとデザート、お菓子を要求するのでしょうから、炊事に翻弄されているのは分かります。太ってお肌もボロボロですからね。指にはドでかいジュエリーと、キラキラのネイルアートが施されていますが。

つまり、なんでも「ちょうどいい」のがいいんですよ。よく、長年連れ添った夫婦を「破《わ》れ鍋に綴《と》じ蓋《ぶた》」と言いますが、その通りなのです。自分に与えられているものは、ちょうどいいものなんですから、感謝して味わうのですよ。人の持ち物を羨ましがったり、自分の境遇を悲しんだりする必要は全くありません。

私たちは、この命と肉体をいただいて、ここに生きているのです。そのことだけを、ただ寿《ことほ》ぎましょう。あと何十年かの命なのです。日々、生きてることを喜びましょう。ちょうどよく美味しく食べて、気持ちよく体を動かすのですよ。

5 リラックスして自分を俯瞰で見てみよう

人はないものねだりで、隣の芝生は青く見えるものです。誰しも生活していかねばならないので、その経済的不安や、生き延びること、仕事や人間関係の緊張感から、現実の一つ一つが心に痛く突き刺さるかもしれません。

するとますます、楽そうに、楽しそうに生活している誰かが羨ましくなり、自分は不幸だ、恵まれてないと嘆きたくもなるのです。でも、いざリラックスして自分を俯瞰で見てみると、案外恵まれていることが分かります。

私が思春期の頃、女友達との関係で悩んだことがあり、母に相談しました。母は、

「自分を見つめるもう一人の自分をつくってみなさい」

と言いました。つまり自分を客観視することによって、冷静に物事が判断できるようになると。

その頃は、まだ子供でしたので、母の言うことの半分も分かりませんでした。が、五十年も生きてみると、しみじみいいことを教わったものだなと思います。頭に来ることって、大抵、エゴから来ているものですから。

「自分」という「我」を出すと、思い通りにならないこと全てが気に入りません。だから、不愉快になりやすいのです。そして、人間関係も、一定方向からの見方だと偏見に陥りがちですが、双方向から見ると、両方のいいところも、悪いところも見えてきます。相手のこともよく理解できるようになるし、頭にも来ないのです。

そして、不愉快になる原因は、案外もっと単純なことだったりもするのです。

人がイライラしているときって、大抵眠いとき、疲れるとき、おなかが空いているとき、PMSとか更年期でホルモンバランスが悪いときですよね。誰かに嫌なことを言われたり、されたりしたときってのもありますが、同じことをされても、自分の機嫌が良ければ、あまり頭に

は来ないものです。

また、近しい人の心無い態度やふてぶてしさも、おなかか空いているときは特にムカつきます。こんな奴の面《ツラ》見ながら飯《メシ》なんか食いたくない、と思っても、食べているうちに機嫌が良くなってしまうものです。

同じ釜の飯を食う仲間というのは、このようにして仲良くしていけるものなのです。家族しかり、仕事仲間しかり、コミュニティの仲間しかり。食事を共にできる仲間がいるということは、何はともあれ、ありがたいことではありませんか。

経済的安定が欲しくて結婚相談所に登録、見合い結婚しようとしてもこれという人が現れず、泣いている四十路の友達の話を私の親友（五十歳、独身）にしたら、

「なんだかしんねーけど、大変そうだね」

と呆れていました。親友は、母親が生前別居したため二十年近くも会っていなかった父親が他界し、葬式を出して、残された築五十年の古屋を整理・解体しなきゃならないことになり、てんやわんや。まだ両親も元気な独身貴族の苦労話なんて、甘ちゃんの戯言《ざれごと》にしか聞こえないのです。

私は四十路の友達に言いました。

「このまま独身で仕事を続けるもよし、サラリーマンと結婚するもよし、どっちも、自分の選択だからねー」

ほんと、いいも悪いもないのです。自分の選択でしかないのですよ。だって、どっちにして

も、いいところも悪いところもありますからね。どっちを選んでも、いつもそのいい部分に注目して生きられれば幸せだし、嫌な部分に注目したら不幸なのです。

四十代になると、独身女子はみな焦り始めて、合コンや見合いに奔走するようです。が、何年かたつと諦める人も出てきます。

「やっぱ、私には無理」

と。そして諦めたあとがすがすがしく、「自分」という真実に向って生きている様は、かっこよくすらあるのです。

もちろん、普通の男の人が満足できるような女性像を喜んで演じられるか、また、もともとそういう良妻賢母型の女性だったら、結婚して本当に幸せだったと言えるし、そこにこぎつけるまでの苦労も、喜びに変わるでしょう。

でも、そうでない人が無理して自分を偽って、結婚する必要も私はないと思うのですよ。個性と才能があり、自活する能力があるのなら、「一人で自由に生きなはれ」と言いたくなります。そのほうが絶対、楽しいと思いますよ〜。

6 結婚・出産だけが女の幸せではない

私が結婚しようとしたとき母は、

「結婚なんかしないで、一人で自由に生きたほうがいいよ」

と言いました。そのときは、結婚しようとしていた相手（現夫）が優しくて、この人なら、一生幸せに暮らしていけると確信していたので、母のことを、

「けっ、自分の結婚生活がうまく行ってなかったからって、娘にも幸せになってほしくないのね」

と思いました。そして、母のようにはなりたくないと、自分だけは絶対幸せになってやるんだと、反対を押し切って結婚したのです。

それから四年、流産〜不妊に苦しみ、やっとこさ子供を授かり喜ぶ私に、母は、

「子供なんか産んじょし（甲州方言で産むな、の意）。子供なんて、不幸をひり出すようなもんだ」

と言いました。そのとき私は、母のことを、本当に可哀想な人だなと、哀れに思ったのでした。子供すらも、彼女を幸せにはできなかったのだなと……。

母を客観的に見れば、仕事が好きで、社会生活にこそ喜びを感じた人でしたので、その発言は理解できます。母にとっては家庭こそが煩わしく、もっと自由に自分の人生を謳歌したかったのでしょう。

でも最期には、姉と姉の子供たちが病院に到着するまで、虫の息ながら生きて待っていたのだから、人間とは分からないものです。姉はその前の晩、母の連れ合いから母が臨終と聞いて、東京から秋田まで夜行バスで子供たちを連れて赴いたのです。

連れ合いと、娘と、孫二人が両手両足をさする中、たった五分で眠るように息を引き取ったと言います。私には、死に水なんか取ってほしくないから来ないでいいと言っていた母でしたが、姉には「一人で死にたくない」と言っていたそうです。同じ母親でも、娘二人に対する発言がこんなにも違うのですから、人というのは計り知れないものです。

つまり、どんな人でも、ああも思えば、こうも思ったりするものなのです。それを口に出せば、ああ言ったり、こう言ったり、訳の分からない人ということです。でも、誰しも実はそんなものではないでしょうか。

時と場合によっては言うことも思うことも違う。無理に一度言ってしまったことを通そうとすると、人生で大きな損をしてしまうことにもなりかねません。日和見《ひよりみ》主義と言われても、そのときに思ったそのハートに、忠実に生きればいいのです。

震災後、いきなり結婚したがっていた独身の大人女子たちも、ほとぼりが冷めるとやっぱり独身のほうが気が楽とばかりに、諦め始めました。男性もまた、四十代ともなると女性の相手をするのも面倒になってくるので、アプローチされてもお断りするケースが多いですからね。

今どき、草食どころか「絶食男子」という言葉があるぐらいですから。結婚してたって、日本男子は子供が生まれると奥さんのことは可愛がらなくなりますから、家の中で家政婦のミタ扱いを受けている人も多いでしょう。私だって同じです。あの優しかった夫も四十を過ぎたあたりから暴君と化し、娘にだけ温かく優しい、妻には氷のように冷たい夫になってしまったのですから。

母の言うことは、まんざら間違ってもいなかったなぁと、感心する今日この頃。それでもこの結婚生活を続ける理由はただ一つ、「私にも家族がいて良かったな」と思う、そのことだけです。

両親とはすでに死別、姉とも絶縁状態の私は、夫と娘だけがただ二人の家族なので、天涯孤独でなくてありがたいと思うわけです。そこまでして「家族」にこだわらなくても、一人で自由に生きればいいじゃん、と思う私もいるのですが、それはそれでまた寂しいなぁと、思ってしまうので仕方がないのです。

夫と別れて娘を引き取り、シングルマザーになるつもりは毛頭ありません。なぜなら、今でもほとんど子育ても家事も私の負担ですが、これに経済的負担までかかってしまうと大変過ぎるからです。責任が重すぎるし、体力的に無理ですから。

離婚については、家庭内暴力や借金、女関係、経済的な理由で別れたほうがいい場合はともかく、感情的な問題では別れないほうがいいと思います。同じ人と離婚と再婚を繰り返す人もいるし、不倫相手と同居して、前夫との離婚届に判子が押されぬうちに、すぐ別れて元のさやに納まってしまう人もいます。

私が夫に理不尽な態度ばかり取られ、ゲイ友達に愚痴を言ったら、彼は言いました。

「あんたんちなんかまだ仲いいほうだよ。家庭内暴力とか、蒸発とかされないだけまだマシだと思いなよ」

そんなレベル〜!? と驚きましたが、彼も日本男児。日本男児のことはよく理解できるのでしょう。自分勝手にやりたい放題されても、家で傍若無人な態度を取られても、まだ経済的な責任だけ取ってもらえるだけありがたいと思えと。ま、こんなところです。

四十代でも五十代でも、独身でバリバリ稼ぎ、自由にやっている友人たちを羨ましいとは思うけど、そんな体力も気力も経済力も私にはないので、諦めるしかないですわ。

結婚・出産を諦めきれない四十代大人女子たちには羨ましがられますが、私など最寄りの人と結婚して、子供一人産むだけはなんとかできただけなのです。その結婚生活をなんとかキープして、子供を育て上げるだけでひーひー言ってる私には、どっちが幸せか分かんないよ、としか言えません。

ちなみに、四十代以降、女扱いして優しくしてくれるのは特殊な男性だけだし、優しくされるのは美魔女だけです。これは事実なので、みなさん肝に銘じて、今後の身の振り方を考えてくださいね。美魔女になり、男を立て、奇跡のセレブ婚を目指すもよし、開き直ってお一人様人生を謳歌するのもよし。どちらも、あなたの選択なのですから。

7 幸せの価値基準は「自分」。全ては人による

人が不幸になるのは、常識や誰かの価値観に左右されて、自分を失ってしまうからだと、私は思います。自分はどうか？　ということより、価値観、主義主張を強く言う人に影響され、その通りに生きてしまう――すると、なんとなく不幸感漂ってしまうのです。

昔、『なんとなく、クリスタル』という名作がありましたよね。あんな感じです。特に親から「これが幸せなんだ」という価値基準を強く叩き込まれている人は、自分の本心とはなんか違う、と思いながら、なかなかそこから抜け出せません。

人は心からうれしい、楽しい、と感じたとき、その瞬間はまさに「幸せ」なのです。それがクリアに感じられないまま、「これが幸せというものなんだろう」と自分で自分を思い込ませて過ごすのは、ま、それはそれでいいのかもしれませんが、なんだかなー、とも思います。

人も羨むような生活をしていても、なんか幸せを感じられない、という場合は、誰かに、「私って幸せなのかな？」と聞いたり、また、自慢話をして誰かを羨ましがらせることで、幸せを感じようとします。

もちろん、「私って幸せなのかな？」と聞かれたら、友達や肉親なら「幸せに決まってるじゃ

ない」と、アナタが幸せな条件をあげ連ねるでしょう。それが友達や肉親の情というものです。分かりやすい自慢話をするのは、その情を無理やり乞うやり方です。本当に幸せなら、そんなことする必要もないのですけどね。

お金持ちと結婚して一生働かず、楽させてもらうのが女の幸せ、と思い込まされて育った人が、毛皮や貴金属に埋もれて生活していても、なんとなくうら寂しい感じがしてしまうのは、私の偏見でしょうか。ま、それで根っから幸せで、にぎにぎキラキラしている人はいいんですが、これも人による、ということなんです。

人にはタイプというものがあり、手相にも、「自力本願運」と「他力本願運」というのがちゃんと描かれているそうです。類友の法則で、ロータスには見事に「自力本願運」の人が集まっています。私がそうですからね。

「自力本願運」の人は、人生を自分の力で切り開いていきたい人です。専業主婦に納まりきれるタイプじゃないので、バイトでもプチ先生でもボランティアでもいいから、結婚後も何か自分を生かせる世界を持ったほうがいいですよね。

「他力本願運」の人は、専業主婦タイプ。結婚して夫に全てをゆだね、その力で幸せになりたいと願い、また、なれる人です。夫でなくとも、親だったり、親代わりの人だったり、スポンサーだったりしても、OK。そのために我慢しなければいけないこと、やらなければいけないことを、心から喜びをもってできる人なのです。

どっちも、その人にばっちり嵌っていれば、私はいいと思います。ただ、似合わないことを無理にしている人はつらそうなので、この辺でシフトチェンジしたほうがいいのではないかと思うのです。

人生八十年として、四十代は折り返し地点。まだまだやり直しがきくのです。全部やり直さなくても、生活の半分ぐらい、いやさ三〇パーセントぐらい変えてもいいのではないでしょうか。早くに結婚した人は子供ももう手がかからなくなっていると思いますし、自分を取り戻す時期です。

メディアでもよく、「子離れできない母」、何歳になっても親の世話になる子供たち、親子の癒着が取りざたされています。それで双方幸せならいいのですが、どっちかが嫌な場合は、過干渉が仇《あだ》となり、精神障害にまで発展してしまいます。

日本はこれだけ恵まれている国でありながら、鬱病大国でもあることの理由に、「和」を重んじ、「自分」を失うという現実があると思うのです。「自分とはなんぞや？」ということを考える暇もないまま、受験戦争に呑み込まれ、就職戦線、そのあともずうっと忙しく働いてきたとしたら、四十代でアイデンティティ・クライシスになっても仕方がないのです。

ホルモンバランスも悪くなり、肉体的老化も始まるので、「本当の自分」で生きてないと、心身に無理が来るお年頃だからです。そこから、「自分とはなんぞや？」を模索し始めても、決して遅くはありません。本当の自分を生きられるすがすがしさを、一生のうちには味わえますからね。

人から見て、可哀想なぐらいの生活をしていても、本人が楽しくて、心から笑っているのが一番です。笑う門には福来たるといって、そのうちにその楽しくやっている何かで大成功して、その人にとっては欲しくもないお金や名声が手に入るかもしれませんしね。たくさんの友達や仲間、もしかしたら生涯のパートナーだって手に入るかもしれません。

何が幸せかは人それぞれなので、それらが手に入ったとき、その人はうれしいとも思わないかもしれません。そういったものが欲しいと思っている人には、たいへん羨ましいことかもしれませんが。本当に人の幸せは、計り知れないのです。

自分とはなんぞや？　というものについて、模索するのもかったるい、という人は、どうぞそのまま生きてください。それがアナタなのですから。無理はいけません。だいたい四十代は、ただ健康に生きるだけでも大変ですからね。心身の健康を保ち、増強して、元気に五十代を迎えるだけでも万々歳なのです。

ただ、もうどうしようもなく不幸で、不健康で、幸せを感じられないというならば、少しでも楽しくなれる道を模索したほうがいいですよ。四十代はまだ、五十代に比べたら、気力も体力もありますからね。

リーマンショック後、仕事が激減したフリーランスの友達（独身、四十代前半）は、生活のため就職しましたが、それなりに社会見学しつつ、楽しんでいます。自分には合ってないなぁと思いつつ、稼いだお金で私生活を楽しむことに頭を切り替えたのです。

男に養ってもらう道もトライしたのですが、結婚こそ相手あってのものなので、こちらは無理でした。今の職場はお給料も良く、同僚も上司も仕事ができていい人ばかり。恵まれていますが、「なんかみんな、でき過ぎてて、面白くないんだよねー」と彼女。そんな本音を漏らせる人がいることだけでも、恵まれていますよね（笑）。

8 家族的なコミュニティを築くとき

四十代ともなると、少人数の家族や友達だけでは、自分の欲求が収まらないという部分が出てくると思います。もっと誰かと喋りたい、もっと交流したい、一緒に何かを楽しみたい、と思っても、そうは相手にしてくれませんからね。

子供は反抗期だし、夫や同世代の友達もお年頃だから、自分のことだけで手いっぱい。何十年もの付き合いの相手のことなんか、かまっちゃらんないのですよ。そして、人は成長すれば変わりもします。かつて蜜月時代のあった相手だって、今はそりが合わなくなってしまっていることもあるでしょう。

趣味も行きたいところも、食べたいものも違ってきているかもしれません。でも、それを残念がってても仕方がないし、いちいち決別したり離婚したりも面倒なので、新しい家族的なコミュニティをつくることをオススメします。同じ趣味を持つ仲間をつくり、人生の半分を分かち合うのですよ。

私が読者を集めてのコミュニティサロン「シークレットロータス」を作ったのも、そんな理由からでした。夫が四十代でだんだん頑固オヤジになり、もうかつての楽しく優しい年下の旦那ではなくなってしまったからでした。週末や祝日を終日一緒に過ごすのもつらくなり、ベリーダンスの仲間たちと過ごす土曜日が、私の心のオアシスとなりました。女も男も、四十代ともなると、同性としか分かりあえなくなるのかもしれません。

ベリーダンスの仲間たちも彼氏や旦那はいるものの、楽しくお喋りができる相手ではなくなっていました。みんなで一緒に踊り、ランチして思い切りお喋りして、午後はみんながでることを私の事務所で練習し始めたのです。

これがロータスの原型なのです。ヨガティーチャーの資格を取った友達がヨガの先生の練習を、私たちを生徒にして、私は「ベリーダンス健康法」の練習を、彼女たちを生徒にして、ポラリティヒーリングの資格を取ったばかりの人はその練習を、私たちをクライアントにして、というふうに実践していました。それはとても充実感のある、素敵な午後だったのです。

二人とも、生活のためにお勤めをしていたのですが、何かもっと自分を生かせる、生きがいのある仕事をライフワークにできないかと模索していました。私も、いつも一人で書き続ける物書き生活だけでない、何か人と直接コミュニケーションを取れる仕事ができないものかと思っていたのでした。

もう一つは、私が講演会などで赴くと、そこに集まった読者の方々が、隣り合った人同士で仲良くなり、お喋りに花を咲かせているのを羨ましく思ったからでした。あとでお手紙をもらい、あのあとみんなでお茶しに行って大いに盛り上がった、メル友になった、などと書いてあります。

私も仲間に入れてほしいなぁと思うと同時に、そういう「場」を作ったらもっと素敵ではないかと思ったのです。私の事務所では狭すぎて、たくさんの方をお呼びすることはできなかったので、どこか借りられる場所はないかと探していました。

娘の小学校入学と同時に引っ越した住宅街の近くが自由が丘で、そこにスタジオを借りようとしたんですが、いかんせんレンタル料が高すぎて諦めかけもしました。が、夫の事務所に使ってもらおうと思っていた前住居である渋谷のマンションを、広すぎるからいらないと言われたのです。それで、シークレットロータスとして使うことにしました。

ロータスは、ただベリーダンスやヨガをするだけでなく、大人女子がワクワクするようなことを学んだり、健康的で美味しいものを分かち合ったり、お互いにインスパイアし合ったりする場所です。そこでは本音で話せ、母、妻、娘、また仕事の顔、といった全てを取り払った素のままの自分でいられる場所が、私にも必要だし、みんなにも必要じゃないかなぁと思い、作ったので、必要とされている方が、来ていると思います。

みなさんも、ロータスに来られる距離の方はぜひ来てみてください。そして遠方の方は、そういう場所をぜひ作っていただきたい。草の根的にロータス〇〇支部、みたいなものができていけば、全国的に楽しくなると思いますよ。たまに全国大会とか、どこかのリゾートでやったりして（笑）。みんなで踊ったり泳いだり食べたり飲んだり、「クラブメッド」かって。

それがお金になる、ならないはともかく、自分が生き生きと生きられるようになる、という価値を考えたら、やる価値は大だと思いますよ。楽しみもなく、思い出すだけで笑えるような友達もいない人生より、楽しみをつくり、色んな人に会って思い出もいっぱいつくったほうが、人生はずっといいのです。

人は一人で生まれ、一人で死んでいくと言っても、その間にたくさんの人と触れ合って生きるものです。四十代は、経済的にも精神的にも依存せず、ただ会って楽しむという潔い関係を、家族的に築くときなのではないかと思います。本当の家族や会社関係は、損得勘定や責任がどうしても渦巻いてしまいますからね。

お一人様も、今や絶食男子と言われているような、迫っても微動だにしない男たちをどうにかしようと奮闘しているより、心地よい、新しい形の家族をつくってみてはいかがですか？　これからを楽しむために、必要なコミュニティを、四十代ならまだ元気がありますから、立ち上げるときではありませんか。

四十代は、折り返し地点。自分の半生を振り返り、今までやってこなかったこと、自分の人生に足りないことは何かを模索し、始めるときなのです。これまで、多くの人に囲まれて、一人でじっくり作業したりするようなことがなかった人は、逆にそういうこと始めてもいいかもしれません。

長年、会社員をしていたお父さんが、退職と同時に蕎麦打ちを始めたり、家庭菜園に精を出したりするのと同じで、四十代で陶芸を始めた人もいます。そこで知り合った男性と五十で結婚したのですから、ほんと人生って分からないものですよね。

みなさんも、これまでと、これからをちょっと考えてください。最後に、いい人生だったなと思えるものにするのは、ほかならないあなた自身なのです。誰かの仲間に入るのもよし、自分で仲間を募るのもよし、コミュニティの力は、絶大ですよ！

第四章

❤

子供のこと、家族のこと

1 進学だけが子育て成功の道ではない

四十代ともなると、子供の受験、進学で頭を悩ませているお母様方が多いのではないでしょうか。特に都市部では小学校、いやさ幼稚園からお受験があり、それはもはや子供の受験というより親の代理戦争と化しています。

大学まである私立の名門に小学校から入れてしまえば、過酷な受験戦争で我が子を戦わせることもなく大学に行かせられるということで、お受験戦争が勃発したわけですが、落ちた子供たちは公立小学校あるいは大学のない、もしくは短大がついている私立に通い、もっといい学校に進学させるべく、中学受験の準備をするようです。

また、特に勉強好きでもない子が普通に公立小学校に通っていても、小三ともなると中学受験の話題がママたちの間で囁かれ始めます。進学塾に通い始める子もいると、みな中学受験が気になり始めるのです。そのつもりもなかった子まで、仲のいい子が塾に通い始めると、放課後一緒に遊んでくれる子がいなくなり、一緒に塾に通いたがります。

四年生ともなると、週三、四で塾に通い始める子もいて、五年生など週末も夜まで塾という状態。ほとんどの子が中学受験をするというエリアでは、六年生の三学期ともなると、教室はガラガラだそうです。それ以前に、五年生ぐらいから学校は勉強するところではなく「息抜き」に行くところ、放課後の塾が子供たちにとって本番だというのです。おかしいと思いませんか？そして塾、特に進学塾は、塾代も高額です。近所の補習塾ぐらいならたかが知れているのですが、有名進学塾ともなると大人プライス。大抵の親にとっては痛い金額なのです。でも、万難排して支払ってしまう。

私の知り合いのママは、専業主婦ですが二人の子の中学受験の塾代を捻出するためにパートで働き始めました。夫は証券マンで高額所得者ですが、それでも二人分ともなると家計を圧迫します。夏期講習、冬期講習、春期講習代もハンパでなく、「我が子の一生がかかっているのだから」という親心に付け込んだ、いい商売だと私は思います。

そういう頑張りママたちが周囲に影響を与え、その気もなかったお気楽ママまで、「うちの子だけやらせないのは可哀想」とばかりに、受験戦争に仲間入りするのです。その全体主義たるや、日本は今でも軍国主義です。

それに逆らって「うちは近所の公立中学校で御の字」などと言うママには、必死で我が子に勉強させているママから、「子供の将来が心配じゃないの？」とカツが入れられます。「子供の可能性を信じてあげないの？」と批判され、「○○君だけ受験させないのは可哀想」と母性に訴え、仲間に入れさせられるのです。

そういった状況で、勉強したくもない子供を無理やり塾に入れ、やる気が出ないと怒って親子喧嘩を繰り返し、男の子だったので家庭内暴力に発展してまで、中学受験をさせて失敗した人もいます。公立中に通いながら今度は高校受験でリベンジ。本人は進学するつもりはなく、ミュージシャンになりたいと言っているのにです。

パートして塾代を捻出できるぐらいの家ならまだましですが、借金してまで子供を進学させる親もいます。本人がどうしても進学したいなら、高校まで公立で進み、大学も奨学金をもらって行けばいいのです。本人が勉強したくないというのであれば、義務教育まで受ければ充分です。十五、六歳ともなれば、昔なら嫁に行ったり、住み込みで働いていたのです。そういう選択もあっていいのではないでしょうか。親が必要以上の苦労をして、本人の希望しない進学をさせる必要はないのです。

不況にもかかわらず、日本は今、猫も杓子も我が子を大学進学させようと躍起になる時代。大学を卒業しても就職難、就職してもリストラの時代に、です。それよりもその子が本当に心豊かで賢い選択をする人間教育と、何か特殊な才能を伸ばして、一生食べてけるようなスキルを身につけさせるほうが、私はいいと思うのですが。

勉強はもちろん、何をするにしても無駄にはなりません。でも、過酷な受験戦争を勝ち残るスキルは、その後の人生においてあまり意味がないような気がするのです。勉強が本当に身につくのは、実生活で身をもって知ったときではないでしょうか。学者や研究者になるほどの勉強は、また別。熱狂的に好きでないと開けない世界でしょう。

昔は、高等教育を受けるのは、本当に勉強が好きで、続けたいと希望する人だけでした。勉強が好きでもないのに、親の希望で無理やり大学進学させられ始めたのは、私たち世代（S三八年生まれ）ぐらいなのではないかと思います。

私の母は、女学校であまりにも成績優秀だったため、先生に大学進学を勧められました。本人も明大の法科に行って弁護士になりたいという夢があったので、行きたい気持ちはあったのですが、家が貧乏でした。祖父が母六歳のときに他界し、祖母は女手一つで母を育ててきたのです。

それでも、大学進学を諦めるのはもったいないからと、先生は母を養女にもらって、自分で大学にやってあげたいと言い始めましたが、母は断りました。苦労して自分を育ててくれた祖母を裏切るようでできなかったのです。祖母四十六歳のときの恥かきっ子（と昔は言われていました）でしたので、山梨に年老いた母親を一人置いて上京することもできなかったのでしょう。

それで母は当時の師範学校に行って教師になったのです。公立学校の教師には納まりきれない教育に対する熱意と探究心で、途中で自由教育の「明星学園」にスカウトされ、移籍（笑）。私が高二の春から上京したのです。父はその数年前に他界、そこから伸び伸びと、後半の人生を開花させました。

夢だった東京ライフも満喫し、海外旅行もたくさんして、同じ職場の理科の先生（奥さんが癌で先立たれた）と退職を機に再婚。退職後はお相手の故郷である秋田に住み、読み聞かせなどのボランティア活動や趣味の染色や合唱サークルを楽しみ、七十三歳の充実した生涯を終えたのです。

母の人生を検証してみても、たとえ大学に行けなくても、その人にやる気さえあれば、実りのある、素晴らしい人生を送れるのです。弁護士になれなかったからこそ花開いた、教育者としての人生を極めた母。つまり、その人次第ということが言えるのです。

2 自分の子をよく見て適性を把握せよ

日本の受験戦争には、私は違和感を覚えてなりません。小さい子が夕飯コンビニ弁当で九時まで塾に行くなんて光景、見てられないのです。ま、専業主婦ならば、手作り弁当を持たせることもできるでしょうが。働くママの場合、コンビニになっちゃいますよね。

私のママ友（専業主婦）の長女は五年生の頃、九時に塾から帰ってきて夕飯を食べ入浴を済ませると、夜中の十二時、一時まで勉強したそうです。ママも付き合って起きているというので驚きました。

「まだ子供だから、一緒に頑張ってあげなきゃ可哀想なのよ」

と。もちろん塾の送り迎えもママがやっているのです。私にゃとてもできんなー、と思いました よ。娘と私は八時半には寝ていますからね。

私も小学生の頃なんか、学校の宿題やるぐらいで、あと飯、風呂、就寝だったので、今の娘の生活が子供としては普通だと思うのです。一時間半かけてインド人学校なんか通っているのは異常だと思いますが。

インド人学校に行くと決めたのは本人で、学費を支払っているのは父親ですが、ほとんどが中学受験する地元の公立に通っているよりは良かったかもしれません。長いものには巻かれるタイプだから、友達が塾に通い始めたら自分も行きたくなっちゃってたでしょう。

インド人学校はヨガやインド舞踊やＩＴの授業があり、先生も生徒たちもすごくアクティブだから、娘には合っているんだと思います。学校の勉強が厳しく、みんなも一生懸命勉強するから、娘も公立に通っているときより勉強に興味を持つようになったし、毎日楽しく通ってますよ。弁当作んなきゃなんないのは、私がキツイですけどねー。

あのまま公立に通っていて、中学受験に巻き込まれたとしても、親も子供もそんなやる気ないからきっと失敗。受験産業に踊らされて、お金をドブに捨てることになったと思います。それよりは、ま、いっかと。娘はすでにかなりコンピューター扱えるようになっているので、将来どう転んでも、食いっぱぐれはないかなと。

私は小さいときから病弱で内向的だったので、一人で何かしているのが好きな子でしたが、娘は違います。父親に似て健康優良児で性格も外向きです。みんなでワイワイ何かするのが好きで、一人でじっくりってタイプではないのです。私は不登校気味でしたが、娘は一日でも学校は休みたくないのですから（笑）。

自分の子だからといって、自分と同じとは限りません。小さい頃は、お絵描きが上手でピアノも大好きでしたが、その両方とも、小学校低学年の時点ですでに興味を失っていました。文章の才能は、最初からありません。その代わり、とにかく性格が良くて体が丈夫なのです。その頼もしさたるや、ああこれは、何をやっても生きていけるなと。

子供の成長過程を見ながら、そのときにその子が必要なことを足し、必要じゃないことはなくしていけばいいのではないかと私は思います。継続は力なり、とも言いますが、やりたくもないことを続けさせるのは本人もつらいし、正直お金の無駄ですから。

娘がピアノの練習を全くしなくなったとき、私もさんざん叱って、我が娘だというのにどうしたことかと頭に来ました。私は中二の終わりまで続き、高校受験で諦めましたが、ピアノはかなり好きだったのです。バッハぐらいまでは弾けるようになりましたから、娘にもそれぐらいにはなってほしいと思っていました。

でも、仕方がありません。自分の子供であって、自分とは違うのですから。娘はピアノの先生と週一回会ってお喋りするのは大好きなのでやめたくないと言いましたが、そのためにお月謝支払うのもバカバカしいのでやめさせました。発表会にも何万円もかかり、衣装合戦になる退屈な場が、バカバカしくてしょうがなかったのです。

今、子供たちの間で、習い事競争というのもあり、誰々ちゃんはあれもこれもやってる、というのが子供たちの気になるところ。ママたちの間でも、習い事を一つもさせないのは、子供の可能性を広げないダメママとして非難されます。費用も送り迎えも大変なのに、あれもこれも習わせて、結局何一つとして身につかない場合がほとんどなのに、です。

子供が興味あることを応援してあげるのはいいけど、適性がないと判断した時点でやめさせるべきだし、叱ってまで続けさせることもないと思います。進学に関してもそうだし、習い事もそうです。今の子供は昔の子供とは違うし、その成長の仕方も私たちの理解の範疇を超えているのですから。

ＤＳなどのゲームも、私は娘の小三まで禁止していましたが、泣き落としで買わされ、以来ゲーム漬けです。でもそのおかげが、インド人学校に入ってからもＩＴの授業だけは付いていけ、今では成績もＩＴだけはいいのです。本を読むのはあまり好きではないですが、ネットで色々調べるのは大好きなので、ものすごい豆知識の持ち主にもなりました。

その子には、その子なりの成長の仕方があるのです。もし、あまり勉強が好きでなく、フィジカルエリートだったら、ダンスやスポーツの道を進ませるのがいいし、芸術系ならアーティストへの道を、勉強が好きな子には進学の道を進ませる――これこそ無駄のないお金の使い方だと思います。

食べることが好き、という子だったら、料理人への道もありますからね〜。今やパティシエは、小学校女子の間の夢の職業でもありますし。これからは、私たちの想像もつかない仕事だって出てくるでしょうし。有名大学に入れて、有名企業に就職させるだけが、子育ての成功ではないですよ。

娘の幼稚園時代のママ友の旦那さんが精神科医で、一度みんなで食事をしたときに言っていたんですが、人は好きなことで稼いで食べられるようになるのが一番幸せで、精神疾患にもかかりづらいそうです。多くの患者さんを見て痛感している人の意見です。

自分は不動産屋の息子だけど精神科医になったし、子供たちも幼稚園は妻の趣味でインターへ通わせたけど、小学校からは地元の公立へ。中学までは公立に通わせ、その後は本人たちの希望で進学させるか、手に職の道を進ませるかは決める、と言っていました。

家が、家系がこうだから子供も……という考え方もナンセンスなのです。子供はあくまでもその子の「個」を伸ばすべきで、モノになるまで根気よく待ってあげるのも親の役目かもしれません。

3 通り一遍の習い事はいらない

昔は子供に着るもの着せて、ごはん食べさせるだけで精一杯。習い事なんて、お金持ちのお嬢様やボンがすることでした。でも人は憧れを自分の子供には……と思うもので、私たちの親世代から、無理をして受験のみならず、習い事までさせてしまうようになった。それが今の、小学生習い事競争になっているのではないでしょうか。

もちろん、本人がどうしても好きで、キラリと光る才能があったらさせてもいいでしょう。バレエも日本人が世界で活躍する時代ですからね。でも、どう見ても才能も適性もなく、ただ友達がやっているから自分も……というのは正直お金の無駄です。

男の子のサッカー、野球はいいと思いますよ。チビのうちは付き合わなきゃならないママたちが大変ですが、お金も習い事ほどはかからないでしょうし、将来ジャパニーズドリームを我が子が果たす可能性もアリですからね。そして男の子はとにかく暴れさせて、疲れさせなきゃエネルギーが余ってしまいます。

ダンス選手権もいいですよね。お勉強できなくても見栄が良くて、運動神経のいい子なら、将来ジャニーズかＥＸＩＬＥかという可能性にかけてもいいと思います。中目黒の「EXILE PROFESSIONAL GYM」前にはオーディション時にたくさんのダンスキッズが集まっています。子供があそこまでケバいヘアメイクと服装をするのにはビビりますがね。

公立の面白いところは、ほんとに色んな子がいることです。子役からお仕事しているＣＭタレントの子なんて、ものすごく可愛くて垢ぬけていますからね。サッカーしかできない少年は、学校もサッカーのユニホームで来てたりしますしね。本当に勉強ができなくて、面白いことしか言わない子もいるじゃないですか。そういう子は、将来お笑いで稼いでもらいたいと、他人の子ながら、ワクワクしますよ。

家にお金がなくても果たせる夢、というのは本当に、子供の可能性だと私は思います。お金がないならないなりに、できることってあるじゃないですか。昔は小学校まで出してもらったら丁稚奉公に行き、その商家の仕事をしっかり覚えて、生涯お番頭さんとして重宝された人だっているのです。田中角栄だって新潟の小学校の高等科（旧制中学）を卒業後、神田の中央工学校土木科の夜間部を卒業。政治的な効果を考慮して「小卒」と口にしていたのですよ。なんでもお金をかければいいってもんじゃありません。そりゃ、お金があり余ってたらジャブジャブかけてもいいですよ。高級車やブランドもん買うのと同じですから。でも、苦労して工面してまでかけるようなものじゃないんです。

お子さんの将来にかけてみませんか？　という、企業戦略に負けないでください。リーマンショック後の大不況の最中でも、大手受験塾だけは順調に大きくなっていたじゃないですか。大手英語塾もです。有名タレントを雇ってテレビCMできるぐらい儲かってるってことですよ(怒)。

CMに出てくる流暢に英語を話す子供たち、ありゃ帰国子女か、日本のインターに通ってる、もしくは通ってた子だと思います。うちの子なんか、幼稚園時にはネイティブスピーカー、日本の小学校ではいきなり片言英語、今じゃインド英語ですからね。そんな環境に左右されるもんなの？　と驚いています。しみじみ、言葉は環境だと……。

ピアノも英語も水泳もお絵かきもお習字もバレエも、好きな子は続くし身にもつくけど、好きじゃない子は早々に見切りをつけ、やめさせたほうがいいですよ。小学校中学年ぐらいから習い事も急に難しくなりますから、そこでいやんなっちゃうような子はダメですね。怒って頑張らせても、つらいだけですから。

知り合いの子供たちも、だいたいこの辺で、興味ないことはやめてますよ。ここから続くのは、ちょっと可能性あるかもです。勉強できなくてもバレエは得意という友人の娘は、塾に行かせる代わりに外国人講師を招いたバレエのワークショップに参加させたり、中国にプチバレエ留学させたりしています。

上のお姉ちゃんはスポーツ音痴で勉強好きだったので、塾にやって進学させました。こんな風に、何人か子供がいても適性を見てそれぞれの道へ進ませるのがいいと思います。上の子がしたから下の子も……という考え方は無駄だし、嫌なことをさせられる子もストレスですから。

今はテレビ番組の企画で、ちびっこパティシエ大会みたいなものも開催されているし、興味があって上手にできることを伸ばしてあげる方法はいくらでもあると思うんです。長い休みのときは近所か知り合いのケーキ屋さんに見学&修業に出してもいいし。自分で教えられるママは家で教えてもあげられるじゃないですか。

「クックパッド」もあるからお料理も今じゃ誰でも、パソコンでレシピ見て、色んなものを作れるようになりましたからね。そんな中から、未来の料理家が生まれるかもしれないのです。川越シェフの家だって貧乏だったって言いますからね。貧乏だったからこそのセルフプロデュース力と思いませんか？

家にお金がないということは、決して恥ずかしいことじゃないんですよ。そして、家がお金持ちなんてことも、威張るべきことではないし、羨ましがることでもありません。人は人、自分は自分なのですから。横並びでみんなとおんなじことをしようと思うことが間違っているんです。苦しみを、自ら作り出しているんですよ。

知らないだけで、上を見れば切りがないし、下だって切りがないんです。自分が今いる「ここ」で勝負するしかないでしょう。未知の可能性は、子供だけでなく自分自身にだってあるのですよ。四十代ならまだ、これからをセルフプロデュースする時間もありますからね。そこも考えてみてください。

「もう私なんて……」

と思ったそこのアナタ！　成しえなかった自己実現を、子供に託していませんか？　子供だって重荷ですよ、人の夢までかぶるのは。

まぁ人は、三世代かけてやっと自分の夢を実現する、なんて言いますけどね。そんなこと言い始めたら、子供ができない夫婦やお一人様はどうするっちゅーんですか。自己完結こそが誰でも幸せになれる道なんです。

たまたま親子として生まれてきたから、子供の夢もサポートするけど、その代わりママの夢もサポートしてね、ぐらいの関係が、ちょうどいいのではないでしょうか。

4 人間としてどうよ？　というときにこそ怒るべき

子供に、こうであってほしい、ああだったら良かったのにと、自分の期待や希望を押し付けると、イライラして怒りたくなります。相手は自分の子供でも、自分ではないのですから。誰々に似てるとか、似てないとか、隔世遺伝でどうとか、考えるとますます怒りが込み上げたりします。

逆に、自分の家系や夫の家系にプライドを持っている場合、もっとタチが悪いことも。子供の出来が悪いのを、自分の子育てのせいにしたり、されたりで夫婦仲が悪くなるケースもあるのです。幼稚園お受験に失敗したのはおまえのせいだと夫に罵られ、離婚した人だっていますからね。

人間というのは、両親に受け継がれる華麗なるDNAの構成でできているので、何代先まで遡《さかのぼ》ったって、計り知れないものがあるのですよ。それはもうロマンといってもいいぐらい。私は若い頃猫のブリーダーさんに弟子入り取材したことがあるのですが、犬や猫だって、何がどう出るかは、賭けみたいなもんですからね。

そして、入る魂の問題だってあります。ま、ここは、信じるも信じないもその人次第ですが。占星術師ジョナサン・ケイナーのサイトに寄せられた体験談では、子供の魂はママを選んで生まれてくるっていいますよね。私はそこを信じます。

どういうママを選んで生まれてくるかは、その子の魂の選択なんです。だから、自分をほかのママと比べて、できてるとかできてないとか、思い悩むのは無駄なんですよ。できてたって、できてなくたっていいんですから。その子はあなたを選んで生まれてきたので、ママがどんなんだって、大好きなんです。

つまり、無理してまで子供のために頑張り過ぎることもないんですよ。心地のよい範囲で、サポートできるならすればいいんです。私だって、もっと良妻賢母ならば夫も子供も幸せだったと思うこともあります。でも、冷静に考えたら、もし私がそんな良妻賢母だったら、夫も子供も窮屈で家出したくなっちゃいますよね。

だから、夫婦も親子も、破れ鍋に綴じ蓋なんです。ちょうどいいところに納まっているわけで、色々と心配することもないんですよ。心配して、自分が頑張り過ぎていると、相手にも頑張りを期待してしまうものですから、相手の負担にもなります。ストレスが加わると、人間は本来の力も発揮できなくなりますから、逆効果なのです。

野菜の育て方でも、最低限の水と栄養で育てる「永田農法」というのがあります。痩せた土地でも野菜本来の力を信じて育てると、驚くほど甘い野菜や果物ができるということです。私の祖母の言葉で、

「渋ガキゃあ（渋柿は）渋いほど甘くなる」

というのがあります。母からよく聞いていたのですが、悪ガキは悪いほど、大人になったらいい人になる、ということです。確かにそうかもしれません。小さい頃から優等生で、勉強しかしてこなかった人より、不良仲間でやったりやられたりした人間関係を知る人のほうが、人としてできていたり、人情があったりするものですから。

渋柿もそのままでは渋くて食べられないけど、皮むいて干しておけば甘い干し柿になるし、切り取ってから時間をかけて熟したのをスプーンで食べると、これがまた絶品。

また祖母は、

「遠根っこはしっかり育って大人んなる」

とも言ったとさ（『まんが日本昔ばなし』風）。小さい頃なかなかママのお膝から離れなかった甘えっこほど、大人になったら自立心旺盛な、ちゃんとした人になる、ということです。これも、私のケースを鑑《かんが》みると、本当かもしれません。かなりの遠根っこでしたからね。

とにかく、子育ての教科書通りに子供を叱ったり、優等生と比べて勉強を強制したりしないことですよ。勉強なんて、やりたい人がやればいいんです。どうしても学問の道に入りたいという熱い闘志がある者だけが、親の反対を押し切っても進学して、高等教育を受けるべきだと私は思いますよ。

医者家系で、祖父の代から医者だったからといって、なりたくもないのに医者になった人が、三十代でパニック症候群になったという話を聞いたことがあります。それは一種のアイデンティティ・クライシスだったといいます。「自分」というものが何か分からないうちに親の敷いたレールの上を走らされ、三十代になってからハタと気づいてしまったんだそうですよ。自分って、なんだったっけ？　と。

「ここはどこ？　私は誰？」

って、シャレんなんないですよね。

だから無理強いしないで、子供は伸び伸びと、その子の伸びたいように伸ばしておけばいいんですよ。勝手にやってることだったら、いいことも悪いことも、自己責任ですからね。うちなんか小学校三年生で、学校選びも本人に任せてしまいましたからね。どうなっても自己責任だよ、とは言ってあります。

ただ日本人なのにインド人になっちゃう可能性大なので、国語と日本史だけは、近所の補習塾で週一と、長い休みの間だけは勉強させていますが、これは母心の情けみたいなものですよ。塾代も私のバイト（物書き稼業）で賄《まかな》える範囲ですからね。水泳は、バタフライまでできるようになったのでやめさせました。本人もバテてきましたからね。

それよりこのご時世、天災にも見舞われるかもしれないので、サバイバル能力を育てるため、ボーイスカウトの活動だけは続けさせているんです。本人もやる気満々だし、私の子とは思えないほど、アウトドア系が好きなんです。英語もできるしボランティア精神満々なので、将来国力として（笑）、活躍できるかもです。

私もさんざん叱ってきましたが、インド人学校に移籍した時点で、怒らないようになりました。娘が自分で選んだ道に自分で進んだのですから、心配のしようがないからです。なるようにしかならない。それが子供の人生です。ま、自分の人生もですけどね。

親が子供を叱るとき、それは、「人間的にどうよ?」と思ったときだけでいいのではないでしょうか。嘘をついたり、ズルイことをしたり、他人のことを非難、中傷したり、のんべんだらりと時間を無駄にしたり……ま、怒れた立場じゃないですけどね。

5 夫にも子供にも、もっとお手伝いをさせよう！

真冬の夜中、急に腹部に激痛が……。あまりの痛さに夫は救急車を呼ぶと言ったんですが、夜中に救急搬送されるのは嫌だったので、その場は痛み止めを飲んで寝、翌日近所の医療センターに行きました。

検査の結果、軽い腸閉塞と腹膜炎。生理一日目だったので持病の子宮筋腫が腫脹して、いつも消化不良にはなるのですが、今回はひどかった。そのまま入院して点滴・絶食療法を受けることになったんですが、問題はいきなり主婦のいなくなった家です。

学校から帰っても私がいなくて娘はパニック。メールで入院することになったと伝えると、私が着替えなど取りに帰った七時過ぎまで泣きっぱなしだったようです。夫にも連絡して六時半には帰ってきてもらっていたのですが……。痛みはこの時点でもうたいしたことなかったんですけど、またあの激痛に襲われるかもしれないと思うと、医者の言う通りにするしかありませんでした。

でも、今回の入院で驚いたことがありました。ふだん家のことをなーんにもしない夫が、私が入院となると、子供にごはんを食べさせ、お弁当を作り、後片付けをして洗濯、掃除までやってくれたのです。のみならず必要なものを病院に運び、洗い物を持ち帰ってくれました。

子供を一人にしないため、娘には事務所に帰ってきてもらって夕方には病院経由で家に帰り、夕飯、風呂、就寝までを付き合って、洗濯は夜中にしたそうです。早朝から撮影のときは五時起きでお弁当を作り、朝ごはんの支度をして出かけるという、スーパーシングルファザーぶりでした。

しかし慣れない家事・育児と仕事の両立で、顔は次第にお窶《やつ》れ入ってきて、一週間で退院できなかったら今度は夫が倒れていたでしょう。私は医者に掛け合って、絶食三日から一分、三分、五分、七分、全粥を二回ずつ、という食事スケジュールをスキップしてもらい、最短で退院させてもらいました。

家に帰ると猫の飲み水は枯渇しており、猫の首にはデカイ毛玉が二つでき、仏壇の花も枯れ、「クイックルワイパー」は一週間かけてなかったと見えましたが、洗濯もベッドメイクも全てしてあり、何より娘が食べるのや着るのに困ることなく、二人が一週間なんとか暮らせていた、ということに、深い感慨を覚えたのです。

娘にはよくお手伝いをさせているので、家のことで分からないことがあったらメールで聞いてもらえば全て指示できました。ちょうど節分だったので、二人は節分の升まで取り出し、ちゃんと豆まきをしていたのです。夫は新築以来五年間、一度も食洗機を使ったことがありませんでしたが、初めて使い方を覚えました。

昨今、一分でも長く勉強させるため家のことを全く子供にさせない親が増えています。今に始まったことじゃなく、男の子の親は昔からそうだし、女の子でも、エリート校を目指す子には何もさせないで、勉強だけさせる親が多いのです。そういう子が大人になり、家事の全くできない子になっても、あと、どうするというのでしょうか。

私の夫は総領の甚六で、やはり何もしないで育ちましたが、東京で一人暮らし歴も長く、年上の彼女であった私との付き合いも長かったので、一通りのことはできるようになっています。四十代になってから、加齢のせいで全く何もやらなくなりましたが、やはり緊急時には、やればできるのです。

健康に自信があっても、人はいつ、何があるか分からないのです。特に四十代以降は、私のように今まで体験したことのない腹痛に襲われることもあるでしょう。私の友達も五十のある夜、激しい頭痛に襲われ、救急搬送。検査の結果、軽い脳梗塞だったのです。

休養が必要と言われ、三カ月ほど仕事と遊びをセーブしてゆっくりしていたら、三カ月後の検査ではまた脳の血管が太くなっていたとか。四十代ではまだ実感ないかもしれませんが、五十になった途端にこれですから、もう私たちは、いつ何があってもおかしくないトシになってしまったのだと、認識せざるを得ません。

となると、高年齢出産で産んだ子を持つ私のような方など特に、夫や子供の家事教育を施しておかないと、大変なことになります。日々清潔な場所に住み、清潔な衣服を着、健康的な手作りのものを食べる、という基本が、こなせなくなってしまうのですからね。それでこそ家族の健康と幸せは保てるものと私は信じているのですが、その責任者である一家の主婦がいなくなったら途端に崩れてしまうようなら、困るじゃないですか。

私は今回、夫のことだから三食外食でジャンクフード三昧だろうなと思っていたのですが、なんとヤキソバ、豚のショウガ焼きと刻みキャベツ、家にあったアボカド二個でディップを作りチップスで完食、炊き立てのごはんと具だくさんの味噌汁、娘には焼き鮭のおにぎりまで作ったというのですから、驚きました。やりゃできんじゃん（笑）。

家庭を持つ四十代大人女子たちは、倒れる前から夫と子供たちに、家事教育を始めてください。理由は、自分が倒れたときにつらい思いをさせたくないからと言えば、納得してくれるはずです。そしてそれが、子供たちにとっては将来のためになるのです。男の子なら妻に負担をかける夫にならないだろうし、女の子でも、仕事をしながらも健康的な生活を送ることができるようになりますからね。

私の知り合いは子供たちの夏休みの間、たまに女一人で旅行に行ってしまいます。中学生と高校生のお兄ちゃんたちには一日いくらかの食費を置いて。夫に任せると外食や高級食材使い放題となってしまうので、息子たちに任せるそうなんですよ。すると、「クックパッド」でレシピを見つつ、色々作って食べてるんですって。食費を浮かしたぶんは小遣いになるので、そこも工夫しているそうです。

人は、勉強だけできればいいってもんじゃありません。生活能力を身につけてこそ、本当に大人になることができるのです。自分の世話もできないような男に、子供の世話ができますか？　そしたら自分のような専業主婦の妻と結婚させ……と思っても、思った通りに行かないことだって大ありです。息子が四十代で独身、コンビニ弁当で一人寂しく夕飯を食べているところなんか、想像したくないでしょ?

自分が入院したときの夫もしかり。雨の日のために、今すぐ教育を始めましょう。

6 家族だからこそ、ありのままを受け入れあう

現夫とはもうかれこれ三十年の付き合いになります。友達の紹介で知り合ったのが彼十九歳、私二十一のときで、西麻布のクラブにて(笑)。その頃、私は年上の株屋と麻布十番に住んでいて、美大つながりの友達は夜の遊び仲間だったのです。

その後、株屋と別れてライターの彼を追いニューヨークに。数か月で破局を迎えて一人で住み始めました。そこへまた、大学を卒業した現夫とその親友(ゲイ)が転がり込んできて、一緒にゲイディスコで遊び始めたのです。

そんなアホな若者時代から知っているわけで、素敵とか、カッコイイとは思ったことは一度もなく、成り行きで結婚したわけです。結婚するまでにも十年以上の歳月が流れていますから、惚れた腫れたで結婚したわけでもありません。

私も三十五になり、独身貴族の生活にも陰りが見え始めた頃、彼とバリ島に行き、一週間ビー

チでぶらぶらしていたら、「あ〜、ここに子供とかいたらもっと幸せなんだろーなー」と、ふっと思ってしまったのです。

彼のほうは、まぁ根がコンサバでストレートな人なので、付き合い始めた頃から結婚したい、子供が欲しいと言っていましたから、しめしめとばかりに帰国後すぐ結婚しました。三カ月以内でしたねー。大した結婚式でもなく、身内だけでしたし。

やがて、子供ができ中年期を迎えると、夫のオヤジ化や自分の更年期&加齢で、様々な苦労をすることになるのですが、今回入院してみて初めて、ああ家族がいて助かったと思いました。自分が籠の鳥になって何もできないとなると、代わりに動いてくれる人が必要ですからね。それも、家のこと分かっている人となるとやはり家族でないと。

「そりゃ理香さんはいいよ、結婚してるから」

という声が聞こえてきそうですが、みなさんだって、結婚しようと思えばできるんですよ。贅沢言っているから、できないだけなんです。

独身の四十代大人女子たちはみな、口々に「いい人だったらもう誰でも」と言いますが、やはり選んでるんですね。かっこよくなきゃ嫌だし、年収も良くなきゃいや。できたら安定した社会的地位のある職業についている人が良く、介護しなきゃなんないない親もないほうが……と、色々な条件を、どうしても頭の中で考えているんです。

私なんて、選ぶ余地もなく、そばにいた人と結婚しただけですよ。その頃彼は、駆け出しのフリーカメラマンで、仕事もあったりなかったり。ほとんど私が食べさせてた状態だったので、結婚したときは女性週刊誌に「格下男と結婚した女」として取り上げられました。それを彼の田舎のお母さんが見て、笑ってましたけどねー。

でも、別に期待もしてなかったけど、めきめき売れっ子カメラマンとなり、今でもまだ売れてるからすごいなーと思いますよ。多くのフリーランスが看板下ろした大不況の最中でもなんとかやっていたし、アベノミクス効果でまた忙しくなっています。年収も私とは比べ物にならないぐらい高いので、今ではもう何かにつけて、経済的にはおんぶにだっこ。私の仕事は小遣い稼ぎ程度にしかなっていません。ま、さすがに大人だから小遣いくれとは言いにくいので、私も仕事を辞めるつもりはないのですが。

専業主婦になれる才能がある人は、旦那の稼いだお金を自分のもののように使えるのがすごいなーと思いますよ。生活に必要なもの全部、のみならずお洋服やアクセサリー、化粧品も買ってもらうんでしょ？　それってすごい女子力だと思います。年取っても美魔女とか、若くて可愛い頃ならともかく、今となっちゃ、バーさんにおねだりされても困るんじゃないかなと思ってしまうのです、私なんか。

だいたい、男性が買ってあげたいほど私に似合う洋服やアクセサリーなんて、もはやないですからね。まぁ大丈夫なものをこっそり選んで、自分で買うのが心地よいのです。うちの夫も気が若くて、お正月は自分で選んだ洋服を私に試着させ、買ってくれるんですが、自分の買い物も着て見せて「これどう？」なんて聞くんですよ。「どうって……ぷっ、おかしいよ」とは言えないじゃないですか。

お洒落すればするほど、おもろい夫婦になっていくんですよ。こんな現実は、加齢を経験した人しか分からないと思いますけど。何事も経験ですわ。だから私は言うんです。馬には乗って見よ人には添うて見よと。確かに、嫌なことはたくさんあるし、結婚生活を維持するのも大変です。でも、それなりにいいこともありますからね。

誰でもいい、とは言わないけど、特に嫌なところがない人なら、この辺で手を打って、結婚なさってはいかがでしょうか。この人ならと思って結婚したって、何十年と連れ添ううちには、「こ、こんな人だっけ?」と驚くような変貌を遂げるのです。

私だって、彼がいい人で優しく、いつも機嫌が良くて私の我がままを聞いてくれていたので結婚したわけですが、四十代になり豹変。こんなはずじゃなかったと嘆いても、すでに子供が三歳ぐらいで、後の祭りでした。シングルマザーになるつもりは毛頭ないですからね、私は。

夫婦喧嘩の際夫に、

「こんな人と結婚したつもりなかった!」

といったら、

「残念だったなっ」

としたり顔で言われましたよ。これが本当の俺様さぁ。って、時代劇かい。

それでも、子供はやがては巣立っていくものだから、その後のことを考えたら結婚生活を維持したほうがいいと私は思います。今回の入院で、それを確信しました。年老いた親にはもう頼れないし、私なぞ、両親すでに他界していますからね。肉親と仲の良い人はともかく、私は親戚付き合いもないですし。

となると、もうどうあれ、ありのままを受け入れるしかないじゃないですか。自分だって、もっとこうあってほしいと言われても、変えるのは無理なんですから。私なんか、仕事が激減したとき、夫の入れてくれるいくばくかの生活費だけで家計簿つけてやりくりしろと言われましたが、無理でしたからねー。『はじめての家計簿』つーのを書店で購入してみましたが、使い方がさっぱり分からず、お蔵入りしました。

7 家族、肉親に自分の理想や常識を押し付けない

真に大人になるということは、たとえ夫婦や子供、肉親であっても、相手が自分の思い通りになるとは思わないことです。こうあってほしいな、という希望さえも持たない。そのほうが、自分自身が幸せでいられるのですよ。

こうあってほしい、こうあるべきだ、これがふつーでしょう、といった考えを押し付けて、そうならなかったときの無念さはつらいものです。そして四十代ともなれば、自分さえままならないのに、ましてや他人がどうなるものでもない、ということが、誰しも実は分かっているのではないでしょうか。

夫婦はもともと他人だし、子供だって親だって兄弟だって、肉体的には血を分けた関係ですが、他の人です。自分ではないのですから、自分の常識は通用しないし、理想もそれぞれ違うものですからね。

だいたい、自分の希望を押し付けて、聞いてもらえねばキレる、ヘソを曲げる、鬱に入る、という恐怖政治でもって無理やり聞かせる人は、どんだけ他人にストレスを与えているかお分かりでしょうか。

自分がそれを行使しているときは、その可哀想な現実を分かりません。でも、された側に立つと、よく分かるんですね。正直、病気になりますよ。体の弱い人は体を壊し、心の弱い人は心を壊します。

三十代まではまだ体力・気力が充実していますから、相手の我がままを聞いてもあげられるし、我がままも言い放題でカップルもラブラブかもしれません。が、四十代からそれは通用しません。お互いの健康のためにも、我がままは自分で解決することにして、他人には押し付けないようにするのが礼儀です。それができるようになったら、本当の大人と言えるでしょう。

しかしながら、日本は子供社会。四十代以降も、子供っぽいオジサン、オバサンが主流です。でも、そんなオジサン、オバサンにはなりたくないと思ったら、まず自分からやめることですね。カッコイイ大人になりたかったら、ですが。

別に、死ぬまで子供で家族に甘えさせてもらえばいいや！　と思うなら、それでもいいですよ。相手もそれで了解なら成り立つわけだし。でも、どちらかがＮＯといった場合には決別です。それで夫婦別れしたケースもありますし。

子供だって、自分の思い通りには行かないはずです。なぜなら、生物学的には自分と相手の子供かもしれないけど、魂の問題がありますからね。どんな魂が入るかは、カラスの勝手であって、私たちの意図するところではありません。

家族で団体行動しなければならない場合。ある一人が自分の理想や希望、意思を無理やり押し通そうとすると、みんなが我慢して言うことを聞かねばならないのです。それが、日本の家庭のほとんどではないかと思います。

家族はありがたい半面、ある意味、地獄です。お一人様は寂しいかもしれないけど、そういう檻の中にはいない自由さというものがあります。ま、どっちもどっちですよね。帯に短し襷《たすき》に長し……ちょうどいいというわけには行かないのです。

私も四十代、それは変だよオトッサン、ということをいちいち夫に反論していた頃は、夫婦喧嘩が絶えませんでした。が、四十代も半ばぐらいになると、夫婦喧嘩をするとマジで心身にこたえ、本当に疲れ果てて生活に支障を来《きた》すようになりました。

なので、究極の選択ですが、この家族でい続けるには、どんなご無体にも耐え、できる限り夫の言いなりになる、という選択を取らざるを得なくなったのです。すると、もちろんゴキゲンですからね。当たり前ですが。夫にご機嫌でいてもらって、できるだけ自己主張をせず、当たり障りのない生活をする、というのが一番「和」を保てます。

そこには、個性も本音も何もないですけども。子供が絵に描いた幸せな家庭で大きくなるまでの辛抱だと思っています。これは、何も私に限ったことではなく、多くの日本女性が経験していることなのです。日本の家庭は女の辛抱で成り立っていると言っても過言ではないでしょう。

こんな現実を前にして、これから結婚しようという人がいるかなぁ？　と思いますが、まぁ、したかったらしてください。子供がいなければ、夫婦二人で仲良くできるかもしれませんしね。日本の男は子供ができると、奥さんはどうでもいい存在になってしまいますから。家にいてくれなければ困るけど、いてもできるだけ関わりたくない的な。

でもそれでいいのです。自分だって「亭主元気で留守がいい」状態なのですからね。自分は相手のことをそんな大切に思っていないけど、相手には自分のことを大切に思ってほしいなんていうのは、我がままです。それも、理想や希望が独り歩きしていますよね。女性が夢に描く男性など、この世には存在しないのかもしれません。

親兄弟でもそうですよ。多くは、もっと優しくて、お金持ちだったら良かったのにとか、自分に援助してくれてもいいのにとか、家事や育児を手伝ってくれてもいいのにとか、思うかもしれませんが、無理なもんは無理ですから。

ほとんどの人は、自分の生活で手いっぱいだし、その生活を破綻させないために、できない我慢もしているのです。それ以上の努力や我慢をしたら、壊れてしまいますからね。親兄弟であっても、勝手な理想や常識は押し付けない、押し付けさせないことです。

私の母が大好きだった作家、佐藤愛子さんが著書『幸福とは何ぞや』（海竜社刊）の中で、『かつての日本人にあった「なんぼなんでもほっとけない」という気持ちは、「仕方がない、それぞれ自分の生活があるのだから」という合理主義によって消え去ったように見える』とおっしゃっていますが、本当に時代が変わったとしか言いようがありません。

今の日本人は、打たれ弱いのです。不幸になったら、たちまち体か心を壊してしまうほど、やわなのです。私たち世代など公害と添加物まみれの成長期を過ごしましたから、四十まで生きられないと言われたものです。それが、様々な健康法や自然食のおかげで、まぁなんとか五十まで、私でも生き延びられましたが。

そして、「幸せ」と思える生活水準が高すぎます。高度成長期とバブルで、一気に底辺が上がってしまったのです。だから、簡単に不幸を感じるし、常に幸福を感じてなければ、生きられないようにできているのですよ。合理主義というよりは、実に合理的でない自分自身に翻弄されているのです。

8 家族の思い通りにならなくていい

和を重んずるがために自分の意思を押し殺すにも、限界があります。波風を立てたくない、みんなに好かれるいい子でいたい、という気持ちもある半面、その弱みに付け込んで相手が増長すると、そのストレスで心や体を壊しかねません。

ずうっと親の言うことを聞いてきたいい子ちゃんは、四十代になっても親の言うことを聞いてしまう傾向にあります。天下のキャリアウーマンも、四十代になるといきなり「見合いでもいいから結婚しろ」と言われ始める。

ならばなぜもっと早く手を打たなかったのかと思いますが、親としてもいい大学を出していい企業に就職させたので、仕事に打ち込む三十代の娘を、誇らしさもありほっておいたのでしょう。

だったらずっとほっとけってなもんですが、娘・四十代・独身、という響きに焦り、「後妻のクチでもいいら見合いして結婚してくれ」と懇願し始めるのです。自分たちも老いてきたので、今後娘がどうなるのか、不安で仕方なくなるのでしょう。退職もありますしね。

前出の結婚相談所に登録した四十路の友達は、計二十人ぐらいの男性に会いましたが、いい相手が見つかりません。相談所のコンサルタントに言われるまま、見合いの際には女子アナみたいな恰好とヘアメイクをして赴き、うつむき加減で楚々としていたのに、です(口開けて笑っちゃいけないんだそうですよ)。

毎週末、複数の見合いを繰り返すうちに、自分らしさを失い、しかも年齢的に断られっぱなしの彼女は、正月に帰省した際、両親の前で泣いてしまったんだそうです。

「もう見合い、やだー!」

って、子供でしょうか。見かねた御両親は、

「いいよいいよ、そんなにやだったらもうしなくて」

と言ってくれたそうですが、それでも彼女は、見合いを続け、誰かと結婚して両親を喜ばせられなかかと奮闘しているのです。

私はスマホで、「結婚してくれそうなバツイチ、ハゲ、チビ」の写真を見せられましたが、「い、いい人そうね」としか言いようがありませんでした。

「理香さん私、この人と結婚しなきゃいけないのかな〜」

と泣きそうになる友人。

「しなくていいんじゃない？」

と私は言いました。それより、彼女には大学時代の同級生で、独身の男友達がいるので、その人に結婚してもらえばいいじゃん、と勧めたのです。でも、彼とは長年のいい友達だし、そんなこと言い始めたら友達も失ってしまう場合があると、一歩も前に進めないのでした。

私だって、夫と恋愛関係だったかといったらそうでもなく、たまたまそばにいた人と付き合い、時期が来たから結婚しただけです。総じて日本男性は恋愛体質ではないので、家族的な付き合いを大事にするから、友達同士の結婚もアリではないかと思います。

そして辛辣なようですが、四十代ともなると、女だって男性を好きになる気持ちが薄れてきます。恋愛感情も、女性ホルモンのなせるワザですからね。目の前に、そこそこのいい男がいても、なびかなくなってくる。だから韓流スターや嵐に嵌るのですよ。まぁアイドルのレベル

なら、夢中になれるでしょうしね。

結婚して家庭を持つ方も、家族の言いなりになることはありませんよ。和を重んずるために私もある程度までは要望を聞き入れますが、「これ以上は無理」というところまで来たら、やんわりお断りしますから。「もう十分だろっ」という腹立たしさをもって、やんわりお断りするのです。家庭の中の処世術ですよね。

夫と子供たちは、母親の優しさに付け込んで、どんどん増長しますから。そんな自分に都合良く、うまいこと行くわきゃないじゃないか、というところまで無理難題押し付けてきますが、冷静に考えて「おかしい」と思ったら断りましょう。お金も労力も、無限大じゃないですからね。

自分なりに「いい妻」「いい母」でありたいがゆえに、無理してしまうのは分かります。でも、それにも限界がありますから。特に四十代以降は、体力も気力も目減りします。周囲の若いお母さんたちが手作りでお菓子を作ってあげたり、縫い物・編み物をしてあげていたとしても、高年齢出産のお母さんは、決して真似をしないでください。

「いい妻」には限界があります。働いてお金も出し、家事も育児もほとんど自分の負担じゃ、やってられませんよ。でも、それを当たり前だと思うのが日本の男なのです。うちの夫も、家族旅行は目の前でサーフィンができる自分の好きなところに行きたい、でも金は半分出してほしい、旅行の手続きもしてほしい、ですからね。

波風を立てないために航空券だけはお金も出し手配しましたが、あとは自分でやってくれとお願いしました。航空券も、ユナイテッドはもういやだからJALで、と注文をつけ、値段は大して変わらないでしょと、調べもしないで言い切ったのです。HISの手数料もタダだと思ってますからねー。ほんと、呑気な男ですよ。

コテージの予約も、ネット上でうまくできなかったからハワイに電話して聞いてくれと言われ、時差を考えて早朝に電話しましたが、あとはメールでできるので、自分でやってもらいました。クレジットカードの番号とか、好きな部屋の指定、日時を殴り書きしたメモを渡され、「やっといて」と言われたのですが、よくよく考えたら理不尽です。

専業主婦ならば、それも仕事のうちと割り切れるでしょうが、私も昼間は仕事があり、そのおかげで家族も潤っているのです。そのことが全く考慮されないまま、命令口調で夫や娘から色々頼まれる。うまくかわさないと、まっこと心身もちませんよ。

専業主婦とて許容範囲には限界があるでしょう。無理難題押し付け、意味不明に怒鳴り散らすオヤジや、反抗期の子供たちにも、とにかく言いなりになって、謝っとけば済むなんて、思わないほうがいいですよ。理不尽なことはちゃんと冷静に判断して、やんわりお断りしないと、自分が壊れますからね。

第五章

❤

今すぐ幸せになる
気分転換

1 今すぐポジティブなアクションを起こす

四十代からの十年間は、怒濤のホルモンバランスに振り回され、苦しむ時期です。一番つらいのは、心じゃないでしょうか。日々起こったことをどうしてもポジティブに考えることができず、ネガティブな思いが頭に渦巻いてしまう。

四十代以降は睡眠の質も下がりますから、夜中にぱっと目が覚めてしまったり、眠れなかったりすると、もやもやと色んなことを考えてしまい、苦しむのです。負のスパイラルに嵌ると、どんどん機嫌が悪くなって、喜ぶべきことが起こっても、うれしくなくなります。何をやっても楽しくない、鬱状態に入るのです。

ここまで来ると、実際何もやらなくなりますから、悪循環です。ますます眠れなくなり、不眠から体調を崩し、睡眠導入剤などもらうようになるのです。さらに進むと抗うつ剤を処方されるようになる。お薬は、副作用もあるから肉体的に具合も悪くなるし、続けて飲むと効かなくなってきます。別の苦しみが生まれてしまうのですよ。

更年期のイライラや鬱の原因は、すでにテレビなどでも紹介されているので、みなさんご存じかと思います。脳から卵巣に、「卵、出しなさいよ〜」という指令が行っても、もう肉体的生産能力がないので、産み出せない。それでも脳がまた、どんどん指令を出してしまうので、今度は脳のほうが、覚醒してイライラしてしまうのです。

つまり、ＰＭＳがずっと続いているような状態を味わうことになります。たまには、ホルモンバランスのなぜかいいときもあり、ぐっすり何時間も眠れて機嫌がいいこともあるのですが、不測の事態が起こったり、誰かにストレスや緊張感を与えられてしまった場合は、突然不眠状態に入ったりするのです。

なので、ひたすら無事を祈り、夕方以降は誰とも関わらず静かにしていたほうがいいのですが、まぁそういうわけにも行かないことが多いですよね。私も毎晩、娘に寝るまでハイテンションで色々付き合わされているので、分かります。寝しなに学校のスピーチの練習の聞き役やらされて、思わず添削指導したりしてますからね。

お一人様でも、将来の不安とか、誰も自分を愛してくれないとか、色んなことを考えしまい、眠れない夜も多いでしょう。一番いいのは、日中、太陽が昇っている間に思いきり体を動かし、肉体的に疲れることとですよ。すると、自然に眠れますから。

今は仕事も、パソコンで頭ばかり使って、肉体労働をしていないから、不眠が多いのです。体を使って働く職業についている人に、不眠という悩みはあまりいのではないでしょうか。不眠も鬱も、現代病なのです。

頭で思考をポジティブに変えるのは難しいですから、運動量が少ない人は、今すぐ最寄りのスポーツクラブやヨガ・ダンススタジオに入会して、毎日通ってください。お勤めの人は会社の近くでもいいし、主婦の方は自宅最寄りの。

スポーツクラブやヨガ・ダンススタジオがどうしても苦手という方は、毎日歩く、走る、DVDなどでおうちヨガをする、を日課にしてもいいでしょう。家事をとことんやりこむことも、かなりの運動になります。家もキレイになって、一挙両得ですよね。

あたたかいシーズンは、自転車に乗ることも、いい気分転換になります。私も、四十代で何十年ぶりかに自転車復活しましたよ。車だと運動にならないので、自転車がオススメです。歩くのが苦手な人も、自転車なら荷物も持たなくていいし、漕ぐだけで結構運動になりますからね。電動自転車でも、少しは漕ぐので。

運動が苦手な人でも、四十代以降はどうしても必要になります。健康を保ち、不眠を解消するために、です。それでもどうしてもその手はイヤ、という人は、ロータスに来てください。

スポーツクラブとは違う居心地のよさ、お喋り、コミュニティの絆が得られますよ。

ただの運動不足解消のためなら、最寄りのスポーツクラブなりヨガスタジオ、ダンススタジオに行けばいいのですが、そこではそれ以上のものは得られません。私も、自分のベリーダンスは自分のスタジオでしか教えられないし、踊れない。みんなそれぞれ、自分なりの居心地のよさってあると思うんですよ。それを創造するだけで、ワクワクしてしまいませんか？

頭に、モヤモヤ嫌なことが浮かんだら、すぐさま考えるのをやめて。今すぐポジティブなアクションを起こすことです。私はいつも、楽しくなるA案、B案、C案、と用意しておき、うまく行かなかったらすぐ予定変更します。

たとえば、AがAランクの楽しさを得られる企画だったとしたら、Bは今一つ楽しくないけど、何もないよりはまし。Cはなんかちょっと寂しいけど最低限運動量は稼げるといった具合に、用意しておくのですよ。そうすると、家にこもって陰々滅々になることを防げますからね。

四十代以降、人前職業に就いている人は、本当に羨ましくなります。私はずっと、一人でコツコツ書くこの職業こそ天職と思ってきましたが、年取ると厳しいですね。まず、慢性的に運動不足だし、頭ばかりが冴え、眠れなくなるのです。一度スイッチ入ると頭がくるくる働き過ぎて、余計なことまで考えちゃいますしね。

居職のクリエイター諸氏は、ぜひ外に出て体を動かし、誰かとお喋りすることでバランスを取ってください。専業主婦の方も、子供の手が離れたら、週何日かでもいいので外で働くことをオススメします。オシャレして出かける理由もできるし、楽しいですよ。いくばくかでも自分で稼げれば、自由裁量も増えますしね。

そこまで生活を変えるのは億劫、という方は、家の中でできる色々な楽しみを見つけてください。特に極寒・極暑は出かけづらいこともありますから。お料理や趣味の作りものでもいいですよ。運動不足は解消しませんが、何もしないでモンモンとしているより、楽しいですから。

楽しいと、エネルギーが回りますから、肉体的には停滞していても、精神的健康は保てます。アニメやゲームに嵌る人、韓流のDVDに嵌る人、LINEやツイッターに嵌る人、それぞれ楽しそうですもんね。ブログアップも日課にすると、結構忙しくて、生きがいにもなるようです。

私も今日は二時半に目が覚めてしまったので、すでに原稿は書き終わり、これから「クックパッド」見てピーマンの肉詰めを作ります。娘の弁当のおかずです（笑）。

2 料理はセルフエンターテイメント

今すぐ幸せになる気分転換の最高峰は、料理なのではないでしょうか。人は美味しいものを食べると文句なしに幸せになれます。それを家で、思いついたときに作れれば、どこにも出かけず一人でもいただける。家族にも食べさせてあげることができます。

２０１４年冬はゲリラ豪雪で東京でも帰宅困難者が出たり、家から出られなくなった人も多かったでしょう。そんなときこそ、料理が最高のセルフエンターテイメントになるのです。食べてもらう家族、ご友人にも感謝され、一挙両得ですよね。

ＮＨＫの朝ドラ『ごちそうさん』でも数々の美味しそうな料理が出てきましたが、昔は外食産業というのはなかったから、主婦たちがエンターテナーでもあったんですね。出かけるところもなく、ほとんど家の中にいたら、料理ぐらいしかクリエイティビティを発揮するシーンもなかった。だから、料理が楽しければそれは最高に幸せなことだったのです。

現代においても、極寒・極暑に家から出られなくなると、家を快適にして料理をするのが楽しみとなるでしょう。地球温暖化からか、真夏の暑さもハンパじゃありません。でも今はネットスーパーが充実していますから、家から一歩も出なくても、材料は揃うし、パソコンでレシピは見られるし、困ることもないのです。

そして更年期においては、真夜中に目覚めて眠れなくなることもままあります。そんなとき、モンモンと嫌なことを考えて悲しくなっているより、美味しいものでも作ったほうがずっといいのです。料理は集中力を要しますから、そのときだけでも悩みを忘れて、気分もスッキリするでしょう。

材料の野菜たちに触っているだけでも、自然に帰れます。人は触っているものと同質になる傾向にあるそうで、パソコンで仕事している私たちの心身が、凝り固まってしまうのも仕方がないのです。ペットや幼児に触れる機会のない人でも、自分で料理すると、少なからずいい影響があると思います。

料理は香り、味覚、触感、音、視覚……五感をフルに使いますから、感性を研ぎ澄ますトレーニングにもなります。年とともに感覚も鈍くなっていきますからね。感覚が鈍くなるということは、喜びが減っていくということなのですよ。肉体をもってここにいる喜びは、五感を通して感じられるものですから。

日本料理の素晴らしさが認められ、ユネスコ無形文化遺産となった今、私たち日本人こそ五感を研ぎ澄まして、その文化を享受しようじゃありませんか。料理に喜びを感じられたら、たとえ一人だって、充実した毎日を送れます。自分の作ったものが心底美味しい、と感じられたときの成功感ってないですから。ただ美味しいだけじゃないんですよ。

ちなみに、私も作ったことのない料理は「クックパッド」を見ますが、量と材料はざっくり適当に作ります。家にないものもあるし、美味しいと感じる調味料の量も、その人によって違うから、自分の感覚に頼ったほうがうまく行くのです。

うまく行かなかったら、うまく行くまで作ることです。料理は理屈でなく、体で覚えるものですから。美味しい、と感じられる料理は、その家によって違い、その家の料理人が作り上げるものです。お母さんの料理が美味しいと思って育った人は、それを継承すべく、お元気なうちに教えてもらうべきですね。

我が家の場合、母が勉強しかしてこなかったので料理下手でした。その代わり父が料理上手で、私は父の料理で育ったのです。父の死後、母の料理を食べるのが嫌で、自分で作り始めました。中学三年生から料理をしているのです。

父は高校卒業後、油絵を習いに画家の先生のお宅に通っていたのですが、その先生がお料理上手で、料理もついでに習ってしまったんだそうです。男子厨房に入るべからずという時代に、洋行帰りだった師匠は、タンシチューなどお得意だったとか。

料理は実は、とてもクリエイティブな作業なのですよ。だから感性を売りにするクリエイター系、アーティスト系は男女問わずうまいはずです。マメさだけでなく、センスが問われるのです。有名なシェフのレシピで同じように作っても、決して同じにはならないのは、みなさん御承知の通りです（笑）。

日本料理のレシピは、調味料スプーン何杯半、とかでなく「適宜」とつける場合もありますが、ちょうどいい量はその人によって違うからだと思います。私は市販の出汁とか、レトルト食品も、味を見てピンと来なかったら自分で調整してしまいます。便利な半調理食品だって、自分で作ったみたいな味になりますよ。

四十九の冬には、あまりにも寒く、そして無農薬白菜がたくさん来たことから、思わず白菜漬けまで自分で作ってしまいました。手間はかかるものですが、野菜を無駄にしない喜びと、化学の実験みたいな楽しみと、できたときの達成感がハンパじゃなかったのです。また、漬かり方が進んでいくので、味も変化して飽きませんしね。

年を取るということは、自分自身も変化していきます。家にいる時間も長くなるし、気も長くなるので、短気な私が、煮込み料理もできるようになりました。かつてはスジ肉を気長に煮込み、ホロホロになったビーフシチューやカレーを作る夫の母を、迷惑に思っていたものですが（夫が食べたがるので）、今では自分が楽しみで作るようになってしまいました。絶対的にコクが出るんですね、スジ肉のほうが。

料理は、美味しくなくちゃいけませんっ、って、お料理オバサンになってしまったのです。しかしながら、それはとても良いことですよ。年を取って、良かった部分だと思います。自分で美味しいものを作って食べられる。これぞ生きる力ですから。

手の込んだ料理でなくても構いません。最高のトーストサンドを作って、作りたてをサクっと頂く喜びを、お一人様だって味わってほしいのです。カボチャのポタージュだって、実は本物が家で簡単にできます。これは圧倒的に、レトルトのそれや、スープの素、缶詰では味わえないものですから。栄養価だって違います。

ヨーグルトを使った簡単デザートや、作りたてのお味噌汁に炊き立てのごはんだけでも、大きな喜びを味わえますよね。喜べることが少なくなってくる年代こそ、おうちごはんが重要になってくるのです。若い頃は美味しいものを食べようと思ったら、フットワークも軽く外食で、それを消化する能力もありましたけど、これからは違うのですから。

3 なんでもオリジナル香りづけ

市販の洗剤、化粧品等の香りは、ケミカルで安っぽいと感じてしまう年代。若い頃ならそういうメジャー感のある香りを好むものですが、熟女はその辺も、好みがうるさく、クオリティを求めますよね。でも、ナチュラル香料を使用した自然派モノって、超お高い。だから私は、安心材料の無香料モノを購入して、自分で香りづけしてしまうんです。

今ではネットでエッセンシャルオイルも安く売られているので、まとめ買いして備えます。台所洗剤や消臭剤にはペパーミントやティートゥリー、ローズマリーやレモングラス、レモンやオレンジなどの柑橘系が合います。リフレッシュできる香りなだけでなく、抗菌、消臭作用があるので、現場のスッキリ効果も倍増です。

エッセンシャルオイルにはそれぞれ効果があるので、アロマポットで焚けば、風邪を引いているときなど治りが早いのです。ティートゥリーは抗菌作用だけでなく、免疫を高める効果もあるし、咳の風邪にはシナモンやパイン（松）、シダーウッドなども効果があります。お部屋で森林浴でき、出かけられないときも気分転換できます。

ローズマリーやミントは胃腸の調子が悪いときなど、アーモンドオイルなどのベースオイルに混ぜておなかに塗るといいですよ。ベースオイルも一つ持っていると、オリジナルのボディオイルが作れてお得です。自分で作ってみると、市販の製品を、ナチュラル香料だけで香り立たせるのってどんだけお金がかかるか分かります。お高いわけよ。

その点、自分で作ると人件費や広告費などかからないのでリーズナブル。原料のエッセンシャルオイルはちょっと高いと感じるかもしれないけど、必要な量が少ないので、かなり長く使え、結局はお得なんです。用途も色々に使用できますからね。ローズマリーなんかは、シャンプーに混ぜると黒髪に艶が出ます。

化粧水やシャンプーも、無香料モノを安く購入し、カモミールやラベンダーなど馴染みのあるエッセンシャルオイルで香りづけすると間違いありません。その際、量を入れ過ぎないことと、よく混ぜることが大切ですが。カモミール、ラベンダーには心だけでなくお肌を鎮静させる効果があるので、大抵の肌荒れには効くのです。

ちょっと上級編になると、更年期にはイランイランやジャスミン、美肌作りにはローズやネロリと、高価で効果の高いものに手を出したくなってきます。これらの香りは、ローズとネロリ以外はとっつきづらいものがあるかもしれません。私もかつては嫌いでしたが、四十代になってから好きになり、やはり必要な年代に入ったのだと実感。

イランイランとジャスミンには、ホルモンバランスを整える働きがあるのですよ。南国の森の中に咲く貴重なお花の濃いぃ香りで、若い人には「オバサン臭い」と言われてしまいますが。そのエキゾチックさが、エスケープ感覚でいいのです。

ローズやネロリは言わずもがな、至福感がある香りです。ローズもネロリもお高くて手が出なかった場合は、代わりにローズウッド（ローズのような香りが出る木）、オレンジ、マンダリンなども幸せな気分になれます。ローズもネロリも、香りだけでなく美肌効果がすごいので、市販のアンチエイジング化粧品を買うなら、高級素材を使って自分で作ったほうがお得です。

バスソルトや無香料シャンプーにじゃんじゃん使う場合は、あまりお高いものではなく、お手頃価格のラベンダー、オレンジなどがいいかと思います。家族風呂にはティートゥリーもちょっと入れると色んな面で安心かも……。その際も、よく混ぜることが大切。子供などはお肌が敏感なので、エッセンシャルオイルの原液が触れると湿疹が出たり、かぶれてしまう恐れがあります。

原液で使ってもいいと言われているのはラベンダーだけ。これは頭痛などするとき一滴指にとって、こめかみに塗る、という方法もあります。出先で頭痛に見舞われたとき、また、不安に襲われる方などは、ラベンダーのエッセンシャルオイルの瓶をいつも携帯しておくと便利です。ティッシュに染み込ませて嗅いだり、ちょっとした火傷や擦り傷にも鎮静効果がありますから。

化粧品やバスソルトに使うのが怖いという初心者の方は、まず芳香剤からスタートしてください。アロマテラピー入門などのテキストを参考にしていただくと、必要な分量、希釈率などが分かります。慣れてくると適当でも大丈夫になってくるので、料理と同じなのです。

家事労働も、四十代以降はきつくなってきますので、リフレッシュできる香りの効果を感じやすいと思います。そして、体調も気分も悪くなる時期でもあるので、ナチュラルなエッセンシャルオイルで香りづけすれば、安心です。今は柔軟剤などでもいい香りが出ているようですけど、大量生産のものは全て人工香料なので、健康にいいとは決して言えませんからね。エッセンシャルオイルには健康効果も期待できますし。

今はネットでも、エッセンシャルオイルの効用は紹介されていますので、気軽に目を通して、生活に活用してください。「クックパッド」を見て料理するぐらいの感じで、アロマテラピーもできますよ。それ自体が知的好奇心を満たし、いい気分転換になります。オリジナルのブレンドがうまく行ったときなんか、料理と同じで、成功感が味わえますしね。

ちょっと慣れてきたら、オリジナルの室内芳香剤を作って、友達や彼氏、家族にプレゼントしても喜ばれます。オリジナルのラベルを張り付けて、売り物になるぐらいのクオリティを演出するのです。暇つぶしにはぴったりだし、忙しい人でも、休日の気分転換としていいですよ。

出かけるのが億劫になりがちな年代。今はネットで何でも買えるので（アロマテラピーGO

ＯＤＳも全て買えます）、おうちにいながら楽しむツールは、いくつでも持ってたほうがいいのです。これが、ネットサーフィンや連続ドラマ鑑賞だけになってしまうと、視神経も疲れますからね。

昔からよくハメマラと言いますが、老化は歯、目、マラ（生殖器）から来るのです。歯の定期検診とこまめなケアはもちろんのこと、目も大切にしてください。必要以上にパソコン、テレビ画面を見つめないよう、休ませるのです。そのためにも香りの時間を持つことは、大切ですよね。

4 お稽古事で気分転換

私は月一度お茶のお稽古に行っているのですが、始めたのは三十代。ゲイ友達が習っていて、「あんたも着物、箪笥の持ち腐れにしとくんなら、お茶でもやれば～？」と誘われたのがきっかけでした。

そこは、当時赤坂で炭焼屋さんをやっていたママのお宅で、青山のど真ん中にありながら数寄屋造りの日本家屋。もともと、向島で芸者の置屋をやっていたお家柄なので、江戸っ子バリバリ。口は悪いけど粋で気さくな人柄に、私も惚れこんでしまったのです。

当時八十代の元芸者さんもお稽古に来ていて、初めて行った私がお茶室の二階、ママんちの居間で着付けが思うようにいかずモタモタしていたら、そのおばあちゃん、

「あなた〜、着物が着られない人がいるわよ〜！」

と、お茶室に向かって黄色い悲鳴を上げたのです。それぐらい、私たち普通のキャリアウーマンとは常識が違う世界で、草履の履き方が田舎のオバサンみたいだとか、最初はいちいちびられていました。


でもおかげで、月一回でも通っているうちに、自分でもなんとか着こなせるようになったのです。産後三年ほど行かなくなっていたときもありましたが、母の命日にまた、

「あんた、おかんの着物、着てあげなきゃおかんも浮かばれないよ。供養だと思ってお茶のお稽古来なよ」

と、ゲイの友達からまた涙っぽい電話がかかってきて、再開。彼は私が、お茶のお稽古でもなかったらめんどくさがって着物なんか着ないのを分かっているのです。ま、私が着物なんか着なくても彼は一向に困らないのですが、着物を愛する工芸作家ゆえ、より多くの人に着物を着てほしいと願うのでしょう。


うちの母もそうでした。呉服屋は斜陽産業だから、自分たちが買わないと着物の文化がすたれてしまうという大義名分を掲げ、着物を買いまくっていたのです。ただ自分が好きだからってだけだったんですけど（笑）、そう言って死ぬまで着物を買い続けた。

大量の着物を残されても困るので、ほとんどは必要な方にあげちゃったんですが、若い頃母

に買ってもらった着物や、働くようになってから京都に連れていかれ買わされた着物だけでも、家には置ききれないほどあるのです。それを、着ないでか？　というゲイ友達の執拗な誘いで、今に至るわけです。

現代人は合理的なものが好きだから、ほとんどの人は着物を着ないし、着られません。着物は半襟を付けたりはずしたり、準備も後片付けも大変。重いし管理も大変なので、若い頃は着付け教室に通った人でも、とんと蔵入りしていることがほとんどでしょう。私もそうでした。

二十歳のとき、大人の証明として自分で着付けができるようにと、母に特訓を受けた私は、二十代前半ではお正月や、お食事に出るとき、いい旅館に行くときなど、着物を着ていました。株屋のオッサンといたこともあり、そういう機会も多かったんですね。でも、彼と破局を迎えるなりニューヨークに行ったので、もうアメリカ的合理主義に染まって、着物なんてちゃんちゃらおかしくって……、という人になっていました。

しかし、四十代でお稽古を再開して、これは今の私に必要なものなのではと気づいたのです。高年齢出産での子育ては思った以上にキツく、家庭生活はまるで日々戦場。メンドクサイながらも、半襟を付けたり、季節に合わせた帯と着物、帯揚げ、帯締めなどのコーディネイトや着物の管理をする時間が、いい気分転換になるのです。

結局、仕事をしているとき以外は、家族に使われっぱなしの日々ですからね。私にとってベリーダンスやピラティスの時間、月一のお茶のお稽古の時間だけが、自分のためだけに使える贅沢な時間なのです。だから、万難排して出席したいと、年々強く思うようになりました。

お茶はいいですよ。着物を着ると気分が引き締まるし、なにしろ美しいじゃないですか。年を取れば取るほど似合うものって、日本人なら着物しかないと思います。冬はあたたかいし、夏も冷房病になりません。脇、首筋、袖口はスースーでも、腰回りあったかですのでね。

お茶室に入ると、まるで結界があるがごとく、浮世を忘れられる。お茶室でできる話というのは限られているので、俗な話はＮＧ。ただ五感を研ぎ澄まし「美」に浸るという時間を理解できるまで、その異空間にどれほど価値があるかは、実は分かっていませんでした。そのために、亭主が心を砕いて準備をするんですね。

アツアツのお湯や高価な瀬戸物、歴史のある塗り物を扱うので、日常生活にはない気持ちのいい緊張感が得られるし、水屋（裏で準備するところ）の仕事も、日常生活にそのまま生きる知恵や技術が身につきます。炊事がただの労働ではなく、自身の美を追求できる世界でもあることを知るんですね。

年二回のお掃除当番のときは、日本家屋の掃除の仕方を学びます。現代の家にはもう和室もたたきもないので、その掃除の仕方なんて知らないで済みますが、日本建築を味わうという意味では、これもまた貴重な体験なのです。私も、家じゃ雑巾がけなんかやらないけど、お掃除当番のときは嬉々として先生のお宅を磨き上げますからね。

みなさんも何か興味のある習い事があったら、ぜひ四十代で始めてください。私は『四十の手ならい　和心暮らし』（アスペクト刊）という本も出しているのですが、この年になってこそ分かる、習い事の喜びというものがあります。それは、若い頃には決して分からなかった、人としての心の潤いなのです。

資格取得とか、師範を取るとか、キャリアアップのためにとか、そういう理由ではなく、気分転換のために嵌る習い事。それなくしては、この長くて暗～い更年期の十年間は、無事にやり過ごせないと言っても過言ではないのです。

たった一時間でも数時間でもいい。日常生活を抜け出して、無心に何か勤《いそ》しむことを持つのは、ほんと心の養生ですよ。写経や座禅が働く女子の間に流行るのも、そんな理由からではないでしょうか。お習字や着付けも、この先の愉しみにきっとなりますし、まだ体力・気力のあるうちに、始めてはいかがでしょうか。

5 ジュエリー・リフォームでキラキラ気分を取り戻す

四十代にもなると、オシャレをしなくなってしまう傾向にあります。どうせ男もいないし、出会いもないし、夫婦でもセックスレス記録更新中だし……と、諦めムードになってしまうのです。なにしろオシャレはめんどくさいしね。

でも、そうなってしまうと、ずーっと動きやすい楽な恰好ばかりするのですよ。私は四十代前半、子育ての大変さもあり、ほとんどジャージにビルケンシュトック、スッピンでした。ジュエリーも全然つけなくなり、もっていても仕方がないんじゃないかというぐらい、蔵入りしていたのです。

そんなとき母が他界。山のように、似たような指輪やネックレスを残されたのですが、いらないのでほとんど母のお世話になったご婦人方に、形見として差し上げました。ただ母が若い頃父からもらったであろう指輪と結婚指輪、小さい頃母がしていて子供心に好きだった指輪だけは、手放せずとっておいたのです。

とはいっても、とっておいただけで、することはありませんでした。なんせ超クラシックなゴツイ立て爪の指輪なんか、する機会もないし、邪魔ですからね。色んなところに引っかかって、家事にも仕事にもなりません。立て爪なんて、要は何もしないでオシャレして座っているだけのための指輪なのです。

と難癖つけて蔵入りしていたジュエリーたちですが、四十代後半になると、自分に目減りしてくるキラキラ感を補うように、してみたくなってきました。いや、必要になってきたのです。手自体がシワっぽく加齢が顕著になってくると、光り物でも添加してあげないと、寂しい感じがしてしまう。

爪も塗らず、指輪の一つもつけてない手は、もう働くオバサンそのもの。働けど働けどなお我が暮らし楽にならざりじっと手を見る、的な……。

こんなんじゃイケないと思った私は、速乾性キラキラネイルカラーをして、せめて出かけるときだけでも、指輪をすることにしたのです。ブレスレットは着脱が面倒なので、ゴムの開運ブレスにしました。というか夫が水晶大好きで、四十ウン歳のクリスマスプレゼントに、ルチルクォーツ（金運ＵＰ）のブレスをくれたんです。

出かけるときにアクセをつけると、移動中退屈なときなど、それを見るだけで癒されます。なんせキラキラしていますからね。綺麗なものを身につけるのは簡単に気分をＵＰしてくれます。ネックレスは見えないけど、指輪やブレスレットなら、自分でもいつも見えますから。

五十近くになると、オバサン化してくるのか、ごっついジュエリーに興味が出てきます。でも、買うのももったいないし、蔵入りしていた宝石箱をひっくり返してみたりするようになる。でも、してみたところで母のものはやはりデザインがクラシック過ぎて、いつもカジュアルな恰好しかしない私には、するシーンがないのです。

あるとき、二十年ぐらい前、夫に買ってもらった面白いジュエリーをつけていたら、友達が、「あれ、ここ取れちゃってるよ」と指摘。見ると、薔薇の形のオパールが一つ取れていました。それは、変型オパール、プチダイア、プチルビーで構成されたアートっぽい指輪で、恵比寿のニューエイジショップで見つけたものでした。

ネットで調べたところその店はすでになく、薔薇の形をしたオパールなんて、細工をしたら物凄くお金かかっちゃうだろうなぁと思いつつ、自由が丘のクリスタルショップに赴きました。もちろんそんな石はなかったのですが、そこのお姉さんがいい人で、

「もしかしたらＮｉｃｃ（ニック）さんにあるかもしれないから聞いてみます」

と、はす向かいのジュエリー・リフォームのお店に聞いてくれたのです。

その店は、熟年の男性が一人でやっているお店でした。そこにももちろん、薔薇の形をしたオパールなんてなかったのですが、普通の石でもいいからなんか嵌めてくれとお願いしました。穴が開いていることには、つけられませんからね。

そしたら、なんと三日後に、「ありました」との連絡が。石屋さんの知り合いに聞いたら、まさにそのサイズの薔薇形オパールがあったのです。かなり小さいものなのに、よくあったなと。Ｎｉｃｃさん曰く、たぶんその指輪を作った作家さんも、同じ石屋さんから買ったんじゃないかと。

石代含めて一万円で修理が完成した指輪は、またつけられるようになりました。が、私が驚いたのは、夫にその指輪を買ってもらってから、すでに二十年もの月日が流れてしまった、ということでした。鑑定書があるのもまんざらではないですね。猫の血統書と同じようなもので、普段取り出さないけど、いざというとき何歳か分かるという。

Ｎｉｃｃさんで味を占めた私は、してないクラシックな立て爪のダイアモンドリング三つを、カジュアルな一つリングにしてもらうことにしました。すると、本当は七万円かかるところが、もともとの指輪の台であるプラチナを買い取ってくれるので、それを差し引いた金額がリフォーム代として請求されるのです。

大きめの母のダイアを真ん中に、私が若い頃株屋に買ってもらったちっちゃい二つのダイアを両脇に、周囲をプチダイア六個で飾って、セーターにも引っかからないフラットなカジュアルリングが、お値段三万五千円で手に入ったのです。こ〜れはお得です！

新たに購入しようと思ったら何十万もするリングを、お洋服感覚の金額で買え、新しい指輪をするフレッシュな気分を味わえるのです。しかも、旧指輪のダイアモンドやプラチナが本物であるかどうかは、店頭の器械で鑑定されるから、安心です。つーか、昔男に買ってもらったものが嘘モンだったらショックだけどさー。

女は何歳になっても女なんだなーと感じるのは、新しいジュエリーをしたときのキラキラ感ってないですよね、と実感したときです。どんだけ落ち込んでても、上がるし〜。もう男にジュエリーなんか買ってもらえなくなっても、手持ちのジュエリーをリフォームすれば、またそのキラキラ感を取り戻せるのです。

母親譲りのものでも、若い頃のものでも、宝石箱に眠っている子たちがいたら、ぜひリフォームして、あなたもキラキラ感を取り戻してください。古いセーターほどいてまた新しいセーター編むようなものですよ。新品として蘇《よみがえ》りますから！

6 ホテルラウンジでお茶

お忙しい割には、ふっと心が空しくなる四十代。優雅な時間を過ごしたかったら、ホテルラウンジがオススメです。消化能力も年々衰えてくるし、お食事に出かけるのはヘビーでも、お茶ならおなかも楽です。同じ年頃ならお喋りは山ほどしたいけど、もう食べたいものなんてないだろうし。お茶なら、いくらでも飲めるけどね。

五十のバレンタインデーは大雪だったので、晴れてから同じ年の親友と、友チョコを交換するため、久しぶりに渋谷「セルリアンタワー」のガーデンラウンジ「坐忘《ざぼう》」に行きました。最初はランチでもしようよ、と言っていたんだけど、二人とも食べたいものもなく、おなかもそんなに空いてなかったので、アフタヌーンティにしたのです。

それも、一つを取って二人でシェアしてちょうどいい。三段重ねのサンドウィッチ&アペタイザー、スコーン三種、ミニデザート盛り合わせは、いくら粉ものといっても一人で食べるには多すぎます。四十代前半なら大丈夫ですが、後半はもう……。

驚いたことに、「坐忘」も時代のニーズに合わせて、二時間お茶類飲み放題のプランになっていたのです。私は普通にダージリンを頼みました。以前はこのポットサービスの飲み物が付くだけでしたが、飲み放題なんてかなりのお得感です。ポットサービスでも四杯はいただけるので、まぁそれでじゅうぶんという気はしますが。

親友は中国茶を二種、ダージリン、最後にカプチーノを頼んでいました。そんなにカフェイン入りのものをがぶがぶ飲むと夜が寝られなくて困る、という方には、ハーブティも各種用意されているので安心です。それも、ビューティブレンドなど、大人女子心をくすぐるオリジナルハーブティもあるので、なおさら気分UPです。

私は渋谷が便利なので「セルリアンタワー」によく行きますが、「フォーシーズンズ」でも「パークハイアット」でも「マンダリン」でも「リッツ」でも、素敵なホテルラウンジはいくらでもあるので、お近くの方はお出かけになってはいかがでしょうか。大阪では「グランフロント」の「インターコンチ」が素敵でしたし、各地方で素敵なホテルラウンジは方々ありますよね。

お値段は少々はるかもしれませんが、それだけに設備、空間、サービスがいいので納得できます。ビルの上にあるホテルなら、景色も素晴らしいし、庭園があるところならその眺めもまた癒されます。自分の家でこれだけの癒しを得ようと思ったら、お掃除も管理も大変ですからね～。

私は子育ての大変だった四十代前半、ベビーシッターが来たら逃げるようにしてセルリアンタワーに行っていました。現ロータスのマンションに住んでいたので、とにかく何もかも嫌になると、徒歩五分の「セルリアンタワー」に逃げ込んでいたのです。

自分で何もしなくてよく、ほっとできる場所は、すでに実家がない人なら、ホテルぐらいしかないのではないでしょうか。朝ごはんを作るのが嫌なら「かるめら」か「金田中　草」に、ランチをするなら「陳」か「草」、それ以外の時間帯は「坐忘」に居座っていました。

それだけで、癒されたのです。ゲラを読んだり本読んだり、友達にメールしたり、ぼーっと窓の外や空間を眺めたり……。家にいると延々と片付けなきゃならない子供の散らかしたもの、終わりのない家事が気になって、ゆっくりなどできませんからね。

お金を支払いたくない方、また、支払えない方でも、ロビーの椅子に座ることはできます。お掃除は行き届いているし、季節のお花も飾ってあります。そして誰に対してもホテルのサービスの人たちは、にっこり微笑みかけてくれるし、「いらっしゃいませ」「行ってらっしゃい」と声をかけてくれます。それだけでも、うれしいじゃないですか。心の中で、「どこの店にも入ってないし、泊まってないけど〜」って思っても（笑）。

まぁ、ホテル側からしたら得にもならないお客様かもしれませんが、オシャレしていれば枯れ木も山の賑わいです。私なんかもよく、「かるめら」に隣接するペストリーショップでパンやケーキを買うだけ、トイレ寄るだけで立ち寄ったりしますよ。ホテルは非日常、異空間を演出しているので、通るだけでいい気分転換になるのです。

四十代前半ならば、まだたくさん食べられるし、昼のランチコース、夜のディナーもこなせます。が、五十を前にして年々食が細くなるので、朝ごはんをちゃんと食べちゃったら、昼はあまりおなかが空かないし、昼ガッツリ食べちゃったら、今度は夕飯が苦痛です。でも、ホテルラウンジなら、さくっと軽食をいただくだけでも、ちゃんとしたミールタイムを過ごせます。ケーキとお茶だけでもいいのです。その空間の雰囲気を取り込むというか、エネルギーは吸収できますから。エネルギーワークの先生、村山祥子さんはホテルが大好きで、東京に泊まったときは必ずホテルに滞在し、セッションもホテルルームでします。ホテルはある意味パワースポットだと言うのです。

物にはそれぞれのエネルギーがあるので、高級なものは高級なエネルギーを持っていると言います。チョコレート一つでも、高級店で宝石のように恭《うやうや》しく扱われたものは、たとえお口に合わず美味しいと思わなくても、価値があるのだと。つまりそのエネルギーをいただくわけで、食べた人が同質のものになれるというわけ。そう思うと、滅多なものは口にできませんよね～（笑）。

四十代になってから、映画の試写会にも滅多に行かなくなったのですが、以前映画のコラムを書いていたこともあり、試写状は相変わらずいただくのです。それで、五十の秋、ソフィア・コッポラの新作映画がどうしても見たくなり、「セルリアン」最寄りの試写会場に行く前、一時間ほど時間が空いたので、「坐忘」でお茶しました。

座り心地のいいソファに腰かけ、高い天井を見上げながら生クリームたっぷりの特大モンブランとお茶をいただき、しばし優雅な時間を過ごしてから会場に向かうと、すでに満席。補助椅子ならございますと言われ、通路にパイプ椅子を開いて一度は座ったものの、

「あ～、やっぱり結構です」

と言って出てきてしまいました。そこまでして映画見たいか？　というのが正直なところでした。若い頃なら上映の一時間前、三十分前には行って、席取りをしてからいち早く話題作を見るのが楽しみでした。が、もうそんな気力も体力もありませんし、パイプ椅子に二時間は嗚呼ミゼラブル……価値観は、年とともに変わるのです。

7 読書、アファーメーション

四十代は、気分転換に読書が助けになります。ホルモンバランスの乱れから来る悩みで頭がいっぱいでも、本を読んでいるときは、一瞬その悩みから解放されますからね。エンターテイメントならその世界に連れてってくれるし、エッセイや自己啓発本なら、気づきや楽しさ、癒しや生きる力を与えてくれるでしょう。

私は四十代、折につけ自己啓発本を読みました。あとから考えると、なんでこんな本をマジでラインマーカーまで引いて読んだんだろうなぁと思うものでも、そのときは確かに助けになっていたのです。更年期も終わり、いらなくなったから本棚いっぱいの自己啓発本を全て捨てた、という先輩もいます。

つらさというのも本人にしか分からないものです。他人から見て、またはもっと成長した自分から見たら、羨ましくなるような生活をしていても、つらいと感じればつらいのです。要は心の問題で、どんな状況でも楽しい、幸せだ、ありがたいと感じられれば、幸せなのです。目の前の幸せを幸せと感じられない、このひん曲がった心をどうにかしたいと思うなら、色んな考え方の人のエッセイや、専門家の自己啓発本を読むのがいいですね。

私は入院中、佐藤愛子さんのエッセイを読みました。母が大好きだった作家で、二十歳ぐらいのときエッセイを読まされて大笑いした思い出があったのです。「幸福とは何ぞや」というタイトルで、読んでみると、最近の人は幸せになりたいとよくいうけど、昔は生きているだけで精いっぱい。幸せとはなんぞや？　などと考えている余裕はなかった、という内容を全編にわたって書かれています。

まさに！　ビンゴ！　と思いましたね。贅沢病なんですよ、私たちがアンニュイなのは。母親より年上の方なので、日本が超貧しかった時代に青春期を送られています。笑っちゃうほどの貧乏を経験してらっしゃいます。そういう本を読むと、私たちなんて甘ちゃんで、私ごときが「幸せ読本」なんて本を書くのも、ちゃんちゃらおかしいやって、気にさせられますよ。おかけで入院中も楽しく過ごせました。

自己啓発本も、これはちょっと……というようなハードコアなものから、簡単に受け入れられるソフトなものもあります。その中には「アファーメーション」を紹介しているものもあり、簡単に実行できて、実際に現実が変わり始めた、という人もいるのです。

アファーメーションは、ポジティブな言葉を言うことで、実際その気になる、という効果のあるおまじないです。日本にも昔からありましたよね。痛いの痛いの飛んでけ〜、みたいなやつ。あれを、自分で自分に言い聞かせてやるのです。

言葉は口に出すと音となり、波動（バイブレーション）を持っているので、人に対してはさることながら、自分自身に絶大な影響を及ぼしてしまいます。それはもう、細胞の一つ一つにまで及ぶのです。ですから、更年期の影響で罵詈雑言吐きたくなっても、口に出す言葉はポジティブなものにしておいたほうがいいですよ。心と裏腹でも（笑）。

これって、「笑いヨガ」の効用と似ています。楽しくなくても面白くなくても笑うことによって、実際免疫力が高まり、病気が治るらしいですからね。アファーメーションも同じで、心が悲しみや恨み、不安、怒り、自己嫌悪に苛《さいな》まれていても、ポジティブな言葉を発すると、その瞬間だけでも、前向きな気持ちになれるのです。

その瞬間、いい気分になる、ということがとても重要で、それが明るい未来を作っていくのです。反対に、奇跡が起こったのに「信じられない、信じられない」と一日中言い続けたら、次の日には元の不幸な現実に戻ってしまうそうですよ。「やったー！　ラッキー！」と、声に出して大喜びしなきゃいけないんですね。

アファーメーションで日本でも有名なのは、「ホ・オポノポノ」という、ハワイアンヒーリングです。「ごめんなさい、許してください、ありがとう、愛してます」とただひたすら唱えることで、潜在意識を変えるというもの。

これ、私もつらい時期に唱えていたことあるんですが、何も変わりませんでしたね（笑）。それより飽きちゃって、ほどなくやめてしまいました。でもある人（四十代）は、唱え始めたら五分以内に好きな人からうれしいメールが届き、それから数か月で両想いに発展した、と、その効果を感じたのです。スゴイ！　奇跡だ、と驚いていました。

アファーメーションの種類にもよるんでしょうか。私が五十の正月に出会い、好きになったのは、ルイーズ・L・ヘイさんという人の『アファーメーション日めくり』（日本未発売）です。たまたま寄ったバイロンベイの本屋さんで気になり、買ったのですが、毎日違うアファーメーションが綺麗な写真とともに紹介されていて、癒されます。

めくったページを一枚も捨てられないぐらい、毎日、ためになることが書いてあり、一枚は額に入れてロータスのスタジオに飾りました。ピンクの蓮の花の写真で、

「私は鏡から隠れない。自分を見るのは心地よいもの」

と書いてあります。ベリーダンスを始めて間もない人は、まず鏡で自分を見ることが耐えきれないですからね。それを打破してもらうために。

ヘイさんの本は日本でも翻訳本が売られていて、『ライフヒーリング』（たま出版刊）という本を私も読み始めました。その本の中で繰り返し書いているのは、幸せになるには、自分を愛すること。ベリーダンスも同じです。鏡の中の自分を愛し、うっとりと眺められるようになったら、誰でも女神になれるのです。

本を読むのは、いつでもどこでもできます。電車の中なんか、座れれば素晴らしい読書タイムになります。お一人様のお茶、お食事タイムにも、眠れない夜にも、退屈な日の午後も、読みたい本さえあればそこはパラダイス。嫌なことをわざわざモンモンと考えているよりは、読書にどっぷり嵌っていたほうがずっとマシ。

たとえば、早急に解決しなければならない問題があり、本なんか読んでる場合じゃない、というときでも、そんなに急いでも事態は変わらないなら、本を読んだほうがいいのです。波動

が変わりますからね、目の前の現実も変わるかもです。

ファンタジーやSF、時代小説、推理小説、はたまた恋愛小説で現実逃避も全然アリなんです。漫画やアニメでもいい。四十代で癌にかかった知人は、『新世紀エヴァンゲリオン』シリーズで怖い手術と術後の治療を乗り切ったと言っていました。あれがなかったら、とっくに絶望して自殺していただろうと。物語にはそれくらいの力があるんですよ。

8 プチお仕事か副業を持つ

これまで何度も触れていますが、専業主婦の方も、片手間でもいいので何か仕事を持つといいですよ。プロからしたら不謹慎なようですが、それがいい気分転換となり、家事や子育て、夫婦関係で煮詰まった心を晴らしてくれるのです。

働くママたちは、ママチャリに子供を乗せて大荷物持って、駅までダッシュして自分も出勤するという離れ業を日々やっていますが、それは、実は気分転換のためもあるのです。もちろん、働かねばやっていけないという経済的理由もあるだろうけど、子供を預けて職場にいる間は、家庭のことも子供のことも忘れられる。

一日働いた後は、肉体的疲労があっても、気分がスッキリするのです。だから耐えがたい苦労も乗り越えて、仕事を続けたい——これは、多くの働くママたちが証言していることです。産休明けに職場に戻ったときの爽快感はなかったと。あのまま一日中子供とだけ家の中にいたら、鬱になってしまったんじゃないかと。

私もそうです。子供はきっと可愛いはずだから、一年ぐらいは仕事を休んで子育てに専念しようと思いましたが、耐えきれず一か月で復帰してしまいました。最初は四時間だけ日本人のベビーシッターさんを雇っていましたが、娘四カ月からはフィリピン人のナニーを雇い、朝九時から夜七時まで見てもらっていました。

子供はもちろん可愛いですけど、長時間、そして毎日は無理。特に一度でも仕事をしたことのある現代女性にとっては、その単純作業の繰り返しに疲れ果て、空しくなってしまうでしょう。育児こそが自分を生かせる天職だと思える人はいいかもしれませんが、ほかに才能がある人は、そっちをやったほうがイキイキしますしね。

そして子供も、手のかかる時期が終わると、少しずつ離れていきます。そうなったとき、時間を持て余して空しくなってしまう場合があるのです。まぁ受験戦争にそのまま突入して、そのあとは就職戦線、見合い合戦、孫の子育てと受験戦争、と、死ぬまで子供のために戦い続けるつもりならいいですけど。

産休中にネットビジネスを始めて、大成功したママもいますから、ビジネスの才能がある人はそういうのもいいのではないでしょうか。在宅で働けますし、子供を他人に預けたくない、という人なら合っていると思います。

お料理やお菓子・パン作り、フラワーアレンジメントやネイルアート、ハワイアンキルトや編み物……何か趣味のものがあったら、それをゲージツの域まで高め、プチ先生になってもいいでしょう。これも自宅でできるし、生徒さんが一人でも来てくれれば、お喋りの相手もできますからね。

プロとして長年働いている方々も、四十代、全然違う種類の副業を持つと、本業もまた輝いてきます。何十年も続けたことというのは、自然にスイッチ入って、目をつむってもできる仕事。それがプロというものです。でも、大好きな仕事にも食傷ということはあるし、一日中それをしている体力や集中力もなくなってきます。

この辺で新しいことに取り掛かると、気分転換どころか人生をリフレッシュできるのです。私の「ベリーダンス健康法」もそうですし、この本の編集者も四十代にして実家の若女将となりました。旅館の仕事をしながら、本の編集もやっているのです。だからこの本の原稿は、毎日長野にメールで送りました。

女将の仕事は肉体労働が多いので、東京で編集だけやっていたときより痩せたと言っていました。夜もヘトヘトに疲れているのでバタンキューだと。私もベリーダンスやヨガ、ピラティスで体を動かしたときはよく眠れるのですが、運動量が足りないと、頭ばかりが冴え、眠れませんからね。

頭と体を両方バランス良く使っていれば、心地のよい毎日が送れるはずです。そして、体と感性をフルに使う仕事をしていれば、知的労働もまた活気が出てきます。食事と同じですね。

タンパク質ばかり食べていると好きなものでもやんなっちゃうけど、そこに野菜や炭水化物、汁物などが出てくると、相互作用で美味しくなる。

実際、私も「ベリーダンス健康法」の講師をし始めてからのほうが、仕事も調子いいのです。なにせ週四日は教えていますから、運動量が増え、生活の楽しさも倍増して、体調が良くなったのです。いつも元気でいられ、頭もクリアになることで書き仕事にもいい影響があります。

そしてロータスに通うことで出かける機会にも恵まれ、多くの人に会い、お喋りして、半日は違うことをして日々を過ごせます。これが、一日中家から出ず、家事と書き仕事だけしていたら、きっと家族に当たり散らす陰険ババアになっちゃってたでしょうね。

そういう人は、エネルギーを持て余しているんですよ。外に発散させねば、周りが迷惑です。女将も長野で雪かきしながら、それだけではまいっちゃうだろうけど、編集の仕事もしているのでバランスが取れてるんだろうと思います。着物着てお客様のお・も・て・な・しをすることで女性性もエンジョイできるし、まさに人生リフレッシュ。

私が六年前、ロータスを立ち上げ、読者にベリーダンスを教えると決意したとき、当時マネージメントをお願いしていた編集者は反対しました。作家たるもの、そういうことはするべきではないと。狂信的なファンもいるだろうし、元自宅をオープンにするなんてとんでもないと。

でも、そんな怖い人はいないし、集まってくる人はみんないい人で、お喋りも楽しく、ベリーダンスを心身の健康法として教えることは、私にとっても素晴らしい時間なのです。文句なしに神聖な気分になれ、女性性と女性美を堪能できますからね。みなさん、最初は恥ずかしがっていても、次第に女神性が出てきます。それを引き出すのも、私の副業なのです。

おかげで私も、女性としての神秘性や優雅さを保っているのです。書き仕事ばかりしていたら、とっくに作家のオッサンになっちゃって、ヒゲ生えてたと思うよ〜。ロータスに通うことがいい気分転換になり、健康的な毎日を保っているのです。

四十代以降、好きな自分でいられる「場」を持つことはとても重要。それを作ったり、探したりするのも、四十代の大きな課題ではないでしょうか。

第六章

これからを楽しく生きるための秘儀

1 いい眠りのために

四十代になってから、早朝覚醒に悩まされるようになりました。それまで、ベッドに入ったら即寝、八時間はぐっすり眠るタイプだったので、夜中に目が覚めて何時間も眠れないのには辟易しました。

やっと寝付けたと思ったら夫の鼾でまた起き、寝相の悪い子供に蹴飛ばされてはまた起き……ベッドも家族それぞれ別々にして、新居に引っ越した際には、一番遠い部屋を夫の寝室にし、それぞれ別々に寝るようになったのです。

夫婦仲を守るか、自分の健康を守るか、究極の選択ですが、眠れないことは健康どころか命に関わるので、私は夫婦別室を取りました。実は夫も不眠傾向にあり、電気もテレビもつけっぱなしのほうがよく眠れるというので、自室ではそのようにして寝ていることが多いのです。私や娘は真っ暗、無音でなければ眠れません。

四十代前半で、敬愛するアンドルー・ワイル博士の『ヘルシーエイジング』（角川書店刊）が発売され、そこにも、四十代で睡眠の質はぐっと下がることが書いてありました。更年期の影響もあるかもしれません。私の母も、五十歳頃には叔母からもらった睡眠薬を飲んでいましたから。叔母は老人性の不眠で、いつも医師から睡眠薬をもらっていました。

人によると思いますが、私は薬反対派です。よく聞く話は、最初は睡眠導入剤をもらい、それが効かなくなったら睡眠薬、それも効かなくなったらもっと強い薬……と進行していき、副作用に苦しむことになるからです。眠れない日が続くと妄想も出てくるので、妄想を抑える薬やら、色々増えていくらしいのです。

知り合いは、二十年間不眠で苦しみ、最後は睡眠薬十六錠飲んでも眠れないと言っていました。その一年後、脳梗塞でこの世を去ったのです。享年五十一歳でした。なぜもっと早く、自然派に転じなかったのかと悔やまれます。私はこれだけ早朝覚醒に悩まされながら、その手の新薬に手を出したことはないのです。

私の睡眠薬は赤ワイン。でも、生理前にはそれも効かず、寝て一時間で目覚めてしまったりします。メラトニン（西洋オトギリソウ）とか、トケイソウの入ったベッドタイムティ、ドイツ・サルス社の安眠ハーブ剤など色々試しつつ、近頃は夜中にはお酒を飲み直さないまでにこぎつけました。

四十代はまだ、夜中にホットワインなど飲み直しても、翌朝大丈夫な体力がありますが、五十の声を聞くとそれもままなりませんからね。胃や肝臓を壊してしまっては、眠れても意味ありませんし。

お酒もだんだん弱くなるので、今では晩酌も、夏は白ワインの天然炭酸水割り、冬は赤ワインのお湯割りです。五分五分ぐらいで割る超薄目。それを二杯程度なので、ワイングラス一杯がほろ酔い気分のちょうどいい量なのです。

お酒も、飲み過ぎると泥酔して、夜中に目覚めてしまう場合があるので、自分にとっての適量というのが大切です。全く飲めない人は、うちの母もそうでしたが、「養命酒」や梅酒などを寝酒に飲むといいですよ。

よく眠るには、早起きして朝日を浴び、メラトニンを生成するという手がよく紹介されていますが、私は早寝早起き。キッチンも仕事机も東向き、晴れた日はいつでも朝日を浴びていますが、ＰＭＳはどんどん加速して、やはり生理前にはよく眠れません。

そんなとき、モーリス・メッセゲの本を読みました。世界的に有名なハーブの神様です。メッセゲ社のハーブティなど、多くの人がどこかで目にしたり、飲んだことがあるのではないでしょうか。ハーブや野菜、植物の根や葉には、こんなにも万病を治す効果がある、ということが、大事典的に書いてあります。

それで、「不眠」のところを読んでみると、なんとセロリとレタスがいいんだそうですよ。セロリとレタスなんて、なんだかありがたくもない野菜って印象ですが（笑）。アメリカからわざわざフランスまでメッセゲ氏を訪ねてきたご婦人が、レタスを夕飯に食すようになってから、長年の不眠に別れを告げることができたというのです。

それで、自宅横にレタス畑を作り、レタス愛好家になったとか。ブロッコリーやカボチャならその健康効果で知られ、癌予防などで有名ですが、レタスとはこれいかに。セロリもまた同じく。安息作用があるそうで、ジュースにして飲んでも、スティックでも炒めても、食べ方はなんでもいいそうです。酵素が問題なわけでもないみたいで。

私も、不思議なことにセロリを入れた生ジュースを飲んだり、セロリを食べた日はよく眠れます。夫が夜中に帰ってきて物音を立てても、一度は目が覚めますがまた眠れるのです。よく眠れないという人は、騙されたと思って食べてみてください。レタスとセロリですよ。お手頃価格でどこででも手に入るし、調理法も簡単です。

あとは、やはり運動ですね。この本でも返す返すお伝えしていますが、適度な運動こそ、これからのあらゆる不調を改善してくれる救世主ですよ。何も、キツイ運動をする必要はありません。簡単なストレッチやウォーキングでもいいのです。一日中家にいるよりは、お出かけしたほうが運動量稼げますから、居職や専業主婦の方はぜひお出かけしてください。

機会は自分で作るものです。最寄りのスポーツクラブに入会すれば、毎日通うと決めたら通えます。結構忙しいですよ。行って、着替えて、体動かして、また着替えて帰ってこなきゃなりませんからね。私も行ったことありますが、昼間など六十代、七十代のおばちゃんたちのたまり場になっていますからね。お風呂やサウナも入れば、半日はつぶせますし。ま、四十代じゃまだ時間潰すのは目的じゃないか。

私も自分で「ベリーダンス健康法」を教える以外に、たまに他の先生から習う機会を持ちます。ヨガでもピラティスでもダンスでも、色んな先生にボディワークを教わると、自分では動かせてない部分（大抵は苦手な部分です）を動かせるので、コリがリリースされ、安眠へとつながるのです。

現代人は肉体疲労も不足してますので、何も考えず体を動かすことが必要。それと同時に、摂取するカフェインを減らすことです。コーヒーは朝だけ、緑茶・紅茶もランチタイムまで。午後からはハーブティなどカフェインフリーの飲み物で過ごしましょう。

2 しつこい便秘には……

いつも便通のいい人でも、生理前一週間は出づらくなるものです。そして更年期も佳境に入ると、生理不順とともに、便秘が続くこともあるでしょう。私も五十になってから経験しました。生理中は消化不良になり、おなかがはって苦しむのです。そして生理前は、石のように硬いウンで苦しむことに……。

ここでまた、新薬に頼らずウンを出す方法をお教えします。緩下剤として有名なのは、プルーンです。干しプルーンを買ってきて、紅茶漬け、カフェインが気になる人はルイボスティ漬けにして、柔らかくなったところで食べるのです。ヨーグルトに入れても美味しいけど、そのままでもイケます。便秘のレベルに合わせて量は加減しましょう。

便秘に有効な搾りたて生ジュースのレシピは、キャベツ、ホウレンソウ、セロリ、レモンのミックス。まずそうなレシピですが、搾りたては意外と美味しいです。無農薬レモンだったら皮ごと（種は取って）入れられるので、圧搾ジューサーがある方はトライしてみてください。セロリ入っているので安眠効果も期待できます。

エッセンシャルオイルにも便秘に有効なものがあります。ローズウッド、ローズ、オレンジ、マンダリン、シナモン、フェンネル、ゼラニウム、パチュリー、グレープフルーツなど。これらをブレンドしてもいいし単品でも、ベースオイルに混ぜておなかに塗ります。おへそを中心に時計回りにぐるぐるとマッサージ。香りの癒し効果もあって、更年期の不快症状を和らげます。

「いちごの約束」という酵素ドリンクも、美味しくて便秘に効果があります。私はこれ、普段は便通いいほうなのでいただきませんが、便秘のときは救世主と思っています。なんせ飲んですぐ出るんですよ。ヨーグルトなどにかけてもいいですが、水やお湯で五倍〜十倍に薄めて飲むのが一般的。夏は炭酸水割りでも白ワイン割りでもＧＯＯＤ。

それでも出ない場合ですが、私は朝のコーヒーに「いちごの約束」を入れて飲みます。ふだんは朝のコーヒー一杯でつるっと出るんですが、便秘のときはここにイチゴを足すわけです。それでパソコンに向かってメールチェックや仕事をし始めると、出る。試してみてください。何かに集中すると便意を催す、という人は多いですから。

ひどい肩コリや便秘も、更年期症状の一つなので、様々な対処法で乗り切るしかないのです。もちろん、野菜やフルーツ多めの健康的な食生活と適度な運動が便秘予防の基本ですが、それでも出ないときってあります。また、消化不良でおなかがはって、上から食べると詰まってしまうなんて場合は、私のような痛い思いをすることもあるのです。

今度生理が来て、おなかがはったら、もうジュース断食かスープ断食するしかないなぁと思っていますが、なんせ生理不順なので、いつ来るか分からないという状態（笑）。三カ月先なのか、二十日で来るのか。気にしないのが一番ですが、備えあれば憂いなしなので、「いちごの約束」とドライプルーンは常備しています。

腸閉塞の痛みは、結構すごかったですからね〜。しばらく恐怖心で、眠る前に心配になったぐらいです。寝ついて一時間後ぐらいで痛みに襲われましたから。娘も、「夕べは大丈夫だった？」としばらく聞いていました。自分ではどうすることもできず、インターホンの内線で一階の夫を呼んだぐらいですから。

冷戦中の夫と休戦して内線で助けを求めたあの夜。とりあえず結婚しといて良かった……と、あとからしみじみ思いましたよ。ま、のど元過ぎれば熱さを忘れるですがね。お一人様の皆様も、緊急時の手筈は整えておいたほうがいいと思いますよ〜。

3 ひどい肩コリのケア

更年期のひどい肩コリは、ホルモンバランスの乱れから来るもので、運動不足だけが原因ではないようです。もちろん運動不足も原因の一つではあるけれど、肩シミーやベールダンスなどで日常的に肩を揺らしているプロのベリーダンサーですら、五十肩になる人がいるというのだから驚きです。

四十代で四十肩になった人たちは、かなりの運動嫌いでも、泣く泣くヨガなど何かしらの運動を始めました。でも、のど元過ぎれば熱さを忘れるで、自分で体を動かすのが苦手な人は、やがて誰かに施術してもらう方法を採るようになります。それでも、何もしないよりは全然マシです。お金と時間があれば、プロのボディワーカーに委ねて調整してもらうのもいいでしょう。

私もたまに、生理前で心身カチコチになってしまったときなど、アロマテラピーマッサージやポラリティヒーリングなどで癒してもらいます。リンパマッサージでガッツリ肩コリ、背中コリを取ってもらうこともあります。少し痛いですが、石みたいに硬くなった肩から背中、足裏は、熟練の技にしか癒せないのです。

これらの施術者はみなロータスの一員なので、ベリーダンスの後ついでにやってもらいます。私だけでなく、希望者は予約さえすれば受けられるのです。かつては、あっちゃこっちゃのサロンやエステに予約して赴いていたのですが、それも面倒になり、全部ロータスでできれば楽だし安心なので、治療家を揃えたというわけです。

ただ白髪染めのヘナだけは専門サロンに行かねばならないので、二週間に一度は通います。その際、ついでに肩マッサージも付けてもらいます。バリ式ヘアエステなので、シャンプーのときにスカルプマッサージもしてもらえます。年とともに頭もガチガチ。

頭からほぐしていくと、肩コリも取れやすいのです。

特にパソコンなどで仕事をしている人は、眼精疲労から頭がコリ、後頭部から首筋がコリ、肩から背中にかけてコルという、コリのシルクロードをお持ちです。なかなかほぐれないコリはまずシャンプーやスチームなどで温めて、かなり指先に力を入れたスカルプマッサージを施し、それから肩〜という経路をたどっていくのがいいようです。

ただ肩から背中にかけては、自分では揉みづらいので、たまに人にやってもらうのがいいです。友達同士や夫婦同士でといっても、相手も同世代なら疲れていますからね。頼めませんし、頼まれても嫌です。子供も使えませんし、お金払ってプロにやってもらうしかないですわ。

私も仕事終わったあと自分でケアする気力もないので、とうとうマッサージ機を購入。「ルルド」の簡単なマッサージクッションですが、リクライニングチェアに置いてあり、十五分間当てています。ここでシートパックをするとちょうどいいので、お顔のケアもついでにします。

夜、お風呂上がりのヘアドライタイムにも、十五分間マッサージ。

目をほぐすと肩のコリも取れるので、目のホットパックもたまにします。小豆の入ったアイピローをチンして目にのせるだけ。パソコン作業のあとには、カモミールティを淹れて、そのティバッグを冷ましておき、アイパックするといいそうですよ。漢方では、お花は植物の上のほうに咲くので、目や頭の炎症に効くと言われているようです。

低周波でピクピクさせる「おうちリフレ」は、宣伝にしてやられて、煽られて購入してしまいましたが、装着が面倒で使いこなせませんでした。ゴーグルみたいな電気アイマスクも、夫は愛用していますが、私にはああいうヘビーギアは使うこと自体がストレスになってしまうので無理。やはり、原始的なものがいいですね。

パソコン仕事が終わった後は、「かっさプレート」で首筋をゴシゴシやっています。クリスタルの板なんですが、いただきもので使用法が分からず、何年もペーパーウェイトとして置いてありました。年とともに肩コリがひどくなり、使い始めてみると、意外と簡単で効果があります。美容系グッズとして売られているので、ぜひ一つ購入して、使ってみてはいかがでしょうか。

セルフマッサージも、日常的にできて予約もお金もいらない優れものです。生理前のひどい肩コリの際、イランイランを入れたベースオイルで首筋から肩をちょっとマッサージしただけで、すーっと楽になったことがあります。香りの効果ってすごいですね。ついでにコメカミを押すと、頭痛にも効果アリ。

仕事をしているときや寝ているとき、無意識に歯を噛みしめている人は多いようです。私もそうみたいで、歯科検診の際、衛生士さんに指摘されてしまいました。長年の癖で、奥歯がすり減っているみたいなんです。この噛みしめによって、また頭が固まってしまうのですが、そういう人は、折につけ顎関節を指でくりくりとマッサージし、ゆるめてあげるといいそうですよ。

お風呂でするとあったまっているのもあり、効果倍増。シャンプーの際も意識して指の腹でスカルプマッサージをしてあげるといいですよ。私も後頭部はちょっと強めにゴシゴシしています。血流も良くなって、翌朝、顔のむくみも出ませんからね。

あと、意外と知られていないのが、脇の下のケア。特にパソコンを長時間使用する人はここが固まっているのですが、リンパの流れを司る重要なエリアで、ここを揉みほぐしてあげると肩コリが軽減されるそうですよ。脇の下は前と後ろ（ちょっと手が届きづらいかもしれませんが）をモミモミしてあげるだけでいいのです。

肩コリがどうしてもひどい、という人は、更年期ブレンドティや、更年期用の漢方、生薬を試してみるという手もありますが、単純に筋肉にアプローチするなら、アルニカもいいですよ。これは一般的な筋肉痛や痛みに効くオイルですが、疲労困憊、背痛にも効くので、クリームかジェルかオイルを用意しておくと、どうしようもないときに使えます。足の筋肉痛やアザにも効くので、家庭の常備薬として、一つあると便利です。

あとはもう運動しかないのですが、簡単な肩回し、首回し、前肩を直すストレッチなど、マメにすることです。これも、私もつい忘れてしまうんですが、四十代以降はそれこそ三十分おきにやったほうがいいそうですよ。仕事って集中すると時間忘れちゃうので、タイマーでもかけとくしかないのですが、ま、気が付いたときに。

4 お年頃の温めケア

四十代になると、じっとしていると冷えてきます。ほっとくと代謝が悪くなり、筋肉量も年とともに減りますから、運動量を増やしてアンチエイジングするんでなければ、温めてあげるしかないのです。冷えは万病のもと。消化器系の不調も、子宮関係の痛みも、温めると軽減します。

運動すれば冷え性は本当に改善するのです。私はベリーダンス以前は冷え性で、夏も冷房のかかったところは靴下履いてショール羽織って、家でも除湿のみ。でも今は、家ではむしろ冷房かけっぱなしだし、お出かけのときも真夏はかなり薄着です。サンダルやサンドレスなど、夏のファッションも楽しめるようになりました。

さらに、四十代中盤でパワフルに筋トレ系ヨガをやっていた頃は、腕はムキムキするものの、冬場の腹巻やふわポカパンツもいらなくなったぐらい。でも、加齢という言い訳で怠け心からヨガをサボり始めて一年。冬場の冷えがこたえるようになり、腹巻、ふわポカパンツに加え、丹田と仙骨にホカロンを貼り、生理前はヨモギパッド（小さいホカロンが付いています）も敷いて、会陰から温める必要が出てきました。

冷えると、ただでさえ硬い体がますますカチコチになってきます。すると、何もないところで転んだり、階段の上り下りや、ちょっとした拍子に故障が起きやすくなってきます。ぎっくり腰が癖になって四十代で何度も発症するという人も少なくないのです。坐骨神経痛に至っては、もう動けなくなるかと思うぐらいの痛みらしいですね。

痛い思いをすると人間、一時は運動したり食事に気を付けたりするものですが、のど元過ぎれば熱さを忘れる。それが人間です。だから、その人なりに今、根性なくてもできることをしていくしかない。運動がどうしても嫌な人は、冷えないように気を付ける。人工的に温めてあげる、を考えていくしかないのです。

ホカロンを貼るのはもちろんのこと、私はたまに、レンジでチンするホットピローをおなかにあてて寝ます。生理痛のひどいときや、今日は冷えたなぁという晩に。湯たんぽをする人もいますが、チンのほうが楽なので私は「温香楽」という漢方のピローを使っています。霧吹きをしてチンすると、一時間ぐらい温かく、香りとスチーム効果で癒されるのです。適度な重さもGOOD。

仕事をしているときはそれを腰のところに縦に置いたりします。腰が冷えると感じたのは四十代後半になってからですが、年々増しますね。五十の冬には、遠赤外線シートが内蔵された腰回りあったかクッションを買い、仕事用の椅子にプラスしました。

テレビの前で長時間座っていても腰が冷えます。四十代後半のある冬、友達と鍋をつつきながら数時間リビングのソファ前に座っていたら、なんと人生初の腰痛に襲われてしまいました。

座業でありながらそれまで腰痛とは無縁だったんですが、初めて。

腰痛持ちの人はお気の毒ですね。腰が痛いと、ダンスもヨガもままならないではないですか！　これも、温めたら改善したので、冷えはほんと、何事にも大敵だということが分かりました。

リビングのソファ前には、ごろ寝マット（電気敷き毛布）を用意し、冬場は腰からお尻にかけて敷くことにしました。食事のときは猫と娘と私でマットの争奪戦が起こります。コタツは入ったら最後出られなくなるので、我が家では母の代に禁止令が敷かれて以来ご法度。でも、ごろ寝マットなら立ち上がりやすいのでOKです。

足元の冷えは、レグウォーマーはもちろんのこと、極寒時には羽毛の膝当て、羽毛の室内ブーツを着用。もはや宇宙服か？　というような恰好を家の中でしております。さらに、ウォッシュマンズで買った防寒着を部屋着にして着ているのです。アウトドア用だけあって、さすがにあったかいですよ。冷えのポイントを押さえてあります。

シルクの靴下五枚履きで冷え取りに成功した虚弱体質の友人もいますが、それはさすがに面倒なので、私は冬場、家ではふわぽかソックス、出かけるときは五本指ソックスにスパッツ二枚ばき（一枚は「ヒートテック」）、ニーハイブーツで備えます。ニーハイブーツに嵌るまで、「UGG®」のブーツでかっこつけてたんですが、いくら厚いヒツジの毛皮でできていても、短いから膝が冷えるのです。五十の声を聞いたら、もうニーハイブーツですよ。あれ、若者だけのものにしておくことありません。

そして当然のことながら、毎晩お風呂でじっくり温めるのは鉄則です。どんなに冷やさないよう気を付けていても、お風呂に入るとじわ〜っと温まり、特にくるぶしから足にかけて冷えていることが分かります。

くるぶしから指三本のところに子宮のツボがあります。そこが冷えてるって、怖いことではありませんか！　婦人科系疾患や生理痛がある人など、特にここを温めてあげたほうがいいですよね。三十八度ぐらいのお風呂にゆっくり浸かれば、体は芯から温まり、副交感神経優位になりゆっくり眠れます。

そしてお風呂上がりはすぐさまスキンケアをして髪を乾かし、乾かしている最中にも湯冷めしないようちゃんと足にブランケットなどかけ、パジャマを着こんで即・寝ることですよ。ここでウダウダしていると、せっかく温まったものが冷えてしまいます。寝冷え対策に腹巻、首元〜背中保温もお忘れなく。

暖房はガスファンヒーターがオススメです。会社にお勤めでビル全体の空調の場合は仕方ないのかもしれませんが、家では極力、上からのエアコンではなく、足元暖房にしたほうが健康にも美容にもいいのです。上からのエアコンは顔と喉を乾かし、シワと喉痛の原因になりますから。冷えるのは心臓から一番遠い足元ですし。

飲み物も、夏場は仕方ないとしても、冬は終始あったかいものに。飲み水も常温ではなく、ぬるい白湯に替え、ワインもお湯割り。外食でさすがにワインをお湯割りにしてくださいとは言えない場合は、「チェイサーに白湯をいただけますか？」と、軽くかっこつけてみてください。何事も、美と健康のためです。

不妊傾向も、とにかくあたためる「温活」で乗り越え、四十六にして自然妊娠した友人もいます。ちっちゃい湯たんぽを夏でも一日じゅう、丹田と仙骨に当てていたらしいですよ。小汗かきながら「温活」。お金もかかりませんしエコな不妊治療ですよ。

5 動きが取れないときのセルフケア

四十代以降は、すごく元気なときと、ダメダメなときの差が激しくなります。もともと病弱な人、元気だけど生理中は具合悪いという人は、さらにひどくなるのです。ライフスタイルの改善や運動で、それなりに健康レベルをUPすることはできますが、それにも増してホルモンバランスは悪くなり、加齢も進むからです。

「加齢は病気だ！　だから治せる」

といったアンチエイジングの鼻息荒い先生もいますが、自然現象だと私は思いますよ。治せたら、それこそ不老不死ですからね。それもまた、飽きるのではないでしょうか。

どんなに頑張って若返りサプリを飲んでも、加齢は年々加速していきます。それによって様々な症状や病気も出てくるのです。その驚きたるや、同世代の一番の関心事であり、共感ポイントですよね。一人だとつらいことも、みんなでシェアすると楽しめますから。それが、同世代・

同性の友達のありがたいところですよ。

加齢や更年期も、丈夫な人はさほど感じず過ごしてしまうでしょうが、繊細でひ弱な人は、どんだけの苦しみをもってお過ごしのことかと察します。心身の頑丈さ、脆《もろ》さについては、神様は不公平だと思います。体が丈夫なら心が弱かったり、気丈なら体が弱かったりしますが、両方大丈夫な人もいますからねー。感嘆しますわ。

しかしながら、心が弱くても体が弱くても、かけがえのない「自分」なのですから、優しく労わって付き合っていかにゃあなりません。倒れるまで、もう使い物にならなくなるまで酷使してしまったら、本当に終わってしまうこともある年になったのですから。気持ち的にはまだ若いままの四十代ですから、そこのところが理解できないまま、具合が悪くなると「なんで私が!?」と感じてしまうのです。

かつて、医療や健康法が発達していなかった時代は、四十代はもうご隠居、人生は五十年で終わっていたのです。今は医療が発達して、栄養事情も良く、生活も楽になっていますから、人は長生きになりました。その代わりに、色々な病気や、心身の不調に悩まされるようになったのです。

今や、七十代で亡くなっても「早い」と言われます。私は、ぎりぎりまで普通の生活をして七十代で亡くなったならば、大往生だと思いますけどね。うちの母が典型でした。まぁ、子供がまだ十代で、心配しながら四十代で他界した父は可哀想と思いますが。私も、高年齢出産で産んだ子がまだ小さいので死ねませんが、仕上がったらいつ死んでもいいと思っています。

そこまでなんですよ、健康を保たなきゃならないのは。お一人様の友人たちは、「そういう生きがいがあっていいね」といいますが、これはこれでまた修行ですよ。つらくても苦しくても、その子のために生きなきゃならないのですから。ただ生きているだけじゃなく、お世話しなきゃなんないんですから。カラダが言うことをきかないときなど、どーしてくれんじゃっ、と思いますよ。

お一人様だって、自分で働いて食ってかなきゃなんないわけですから、同じような状況と言えるでしょう。働かなきゃどうにもなんないから、健康を保つしかないという。ただ働いているだけじゃなく、自分やペットのお世話もしなきゃなんないですからね。また、年老いた親と同居の場合、親の世話もしなきゃなんないでしょう。

で、具合の悪いときですが、とにかく立ち上がれるようになるまでは、布団かぶって寝ているしかないです。最低限しなきゃならないこと以外は、全てキャンセル、宅配便など来訪者も無視して、寝続ける。できたらトイレと水分摂取以外は何もしないで、とにかく寝ることです。

これは、入院と同じ状況を作り出す自宅入院の方法ですが、これだと一週間入院しなければならないところ、三日で済みますから。回復してきたら、少しずつ、寝転んでる場所をテレビの前のソファやリクライニングチェアに移動して、うだうだします。そうしているうちに、だんだん退屈になってきますから、痛いところを温めたり、オイルマッサージを施したりして、セルフケア。ついでに顔にシートマスクもするといいですよ。

さらに元気になってきたら、お風呂に入ってスッキリしてください。お風呂上がりには、寝たきりになって乾燥しきったお肌に潤いを与え、髪もケア。そしてまた湯冷めしないうちによく寝てください。翌日は、自宅でできる仕事ならちょこっと仕事もして、家事もぼちぼち始め、なまった体のリハビリを始めるのです。

元気なときは、踊ったり、ヨガをしたり、バリバリ働いたり、遊んだり……疲れるまで活動することができますが、弱っているときは弱っているなりのことをするのです。簡単なストレッチや手足のマッサージが適当だと思います。それを自発的にできない人は、DVDなど見ながらやってもいいでしょう。

雑誌の付録についていた呼吸法のDVDを毎日見てやったところ、おなかがへこんでコアな筋肉がついたという人もいるぐらいですから、地味でもやったもの勝ちです。どこにも出かけられない、動きが取れない、というときは、自宅で簡単にできる方法を採って、少しでも体を動かしたほうが、回復も早いのです。

私は「和みのヨーガ」のDVDを見て実践しています。入院していたときも、後半四日間は、ノートパソコンを持ってきてもらって原稿も書いたし、毎日「和みのヨーガ」をベッドの上で実践しました。寝たきり状態だと、代謝が悪くなってむくむし、体がカチコチになってつらく、顔色も悪くなり筋力も衰えますからね。

たった数日でも、ほっとくと健康・美容レベルが落ちてしまうのですよ。三日は寝たきりになってても仕方ないですけど、元気が出てきたら少しでもケアしてあげないと、気分まで悪くなってしまいます。筋力は二十四時間に一度のトレーニングを必要としていますからね。加齢するということは、代謝と筋力が落ちていくということなのです。

本当に自分で動けない寝たきりの状態のときは、マッサージできる人に来てもらって、お金払ってでもマッサージしてもらったほうがいいのです。私は入院していたとき、ロータスのアロマテラピストに来てもらいましたよ。もし友達やご家族が入院して、身動きが取れなくなっていたら、手や足のマッサージだけでもしてあげると喜ばれますよ。

6 月経困難、月経過多対策

閉経に向かって、月経の質が変わってくるという話は先輩諸氏からよく聞いていたのですが、四十代はまさに、それを体験する時期と言えるでしょう。

もともと生理不順で量も少なく、知らないうちに終わっていた、という人もいる半面、どんどん量が多くなって、しかも一か月に二度も生理が来る、という人もいるのです。さらに二週間も生理がダラダラ続き、貧血対策を練らないと全身的な健康を害する場合もあります。

ましてや、子宮筋腫、卵巣嚢腫がある人はさらに悩みも深いのです。生理中に子宮が張り、腸を圧迫して消化不良や腸閉塞になったり……。生理中の消化不良はホルモンの影響もあるらしく、筋腫や卵巣嚢腫持ちだけではないようですが、生理痛に関しては、卵巣嚢腫、内膜症の人がひどいようです。

激痛や大出血で救急搬送され、手術を余儀なくされる人もいるのですが、多くは悩みを抱えながら逃げ切り、閉経を迎えるのです。私も年齢的に「逃げ切り」を取るつもりですが、それでも症状の悪化から不安になることもあります。

月経困難は、時によって違うので、毎月、というわけではないんですね。私の体感だと、自律神経系が乱れる春先が一番調子悪いような気がします。生理が重いときは、大量出血の世話で追われ、具合が悪いのに血みどろで着替えたり洗濯したりせねばなりません。プラス、いつもの家事にも追われ……。

仕事は生理休暇を取れるけど、家事は生理休暇くれませんからね。おなか痛い、具合悪い、消化不良でごはんも食べられないと言っても、家にいる限り家族は家事協力してくれないので。自主入院したいぐらいですが、それも嫌だしなぁ、と自分を宥《なだ》めています。

吐き気、片頭痛、胃痛も、生理一日目から三日目によく起こる症状らしく、私のように痛み止めが必要ないぐらいのレベルでは、まだ軽いほうみたいです。みなさんほんと、女性は苦労しているんですよね。

十二月は生理がなく、一月も軽かったので安心していたら、二月はきっつーい生理で参りました。生理痛に加え、月経過多、消化不良で、二日間寝込んでいたのです。でも、一日は搾りたて生ジュースとハーブティのみ、二日目はフルーツとスープ、夜に煮魚とお漬物だけにしたら、三日目の昼にはおなかが空き、食べられるようになりました。

月経過多に関しては、漢方薬で治療したこともあったんですが、あまり効果が感じられず、それより煮出すのが面倒でやめてしまいました。ピルもやったことあるのですが、月経量をコントロールしたあとに倍返しの大量出血という、とんでもないことになってしまい、恐ろしくて、以来、手を出す気になれません。

漢方系の先生によると、自然に任せてできるだけほっとくほうがいいということで、経血の量も量ってみなさいと言われました。実際に量ってみると、いわゆる月経過多の患者さんに比べたら少ないほうだというのです。二日目なんか、昼に夜用ナプキンしても溢れちゃうぐらいだけどね〜。

その先生に、もう生理のときは出かけられないし、何もできないと漏らすと、

「何もしないほうがいいのよ。本当はお風呂も入んないほうがいいんだから」

と言われました。

「生理は毎月の軽いお産。だからゆっくり休んでいるべきなのよ」

と……。

昔は生理用ナプキンもなかったから、生理中は月経小屋に女たちは集まり、藁の上に寝転がって、旦那の悪口やエロ話をしながら過ごしたと、助産師の先生に聞いたこともあります。そのような過ごし方ができるなら、したほうが女性の心身にはいいのです。出るモンはしょうがないので出しといて、家でだらだらしてると。

私も痛みと大量出血とだるさから、もう諦めて生理休暇を取ることにしました。ごはんも食

べられないので元気も出ないし、寝たいだけ寝て、眠れなくなったらごろ寝マットを敷いたソファでおなかと仙骨にホットパッドを当て、梅番茶でも飲みながらくだらないテレビでも見て、とにかく横になって過ごすのです。

寝るのもテレビ見るのも飽きてきたら、そしてちょっと元気が出てきたら、生理、月経困難や更年期に効くエッセンシャルオイルでおなかでもマッサージしてみましょう。イランイラン、ジャスミン、ローズはもちろん、生理痛、月経困難にはクラリセージ、ゼラニウムも効果アリ。独特な香りが嫌な人は、ローズ、ローズオットーがオススメ。文句なしに幸せになれる香りで、婦人科系への効果も期待できます。

ベースオイルはアーモンドオイルなどが一般的で扱いやすいでしょう。エッセンシャルオイルもベースオイルもネットで買えるので、次回の生理に向けて準備しておきましょう。希釈率や効用についてもネットで検索するとすぐ出てきます。

ベースオイルとエッセンシャルオイルを準備しておけば、ひどい肩コリになったときのマッサージにも使えます。エッセンシャルオイルはバーナーで焚いてもいいし、オリジナルのピローミストやバスソルトを作ってもいいし、色々に使えますからお得です。

主婦も家事をちょっと怠けて、「無理すればできる」というレベルでは見て見ぬふりをして、エネルギーを自分のケアに当てましょう。お勤めの方も有給休暇を取り、重い生理の一日目、二日目は、全てをキャンセルして、とにかくドロのように寝ることですよ。月経過多で血まみれになったら、アルカリウォッシュを洗濯機に入れて、注水してからしばらくほっておき、その後、洗濯したら綺麗に落ちます。

どうしても動けないなら、アルカリウォッシュ液に浸け込んでおき、翌日洗濯したっていいわけですし。食事の支度も面倒だったら、スープの素やお粥のレトルト、フルーツだけでもいいですよ。おなかがはって消化不良にもなっているわけですから、あんまり食べないほうが腸も休まりますしね。

ただ、出血しているので貧血対策だけはしっかりしたいものです。私はサルス社の鉄分ドリンク「フローラディクス」だけは朝晩欠かさず飲んでいます。入院中これが飲めなかった三日間で、ヘモグロビン値が下がりましたからね。

7 弱っているときの食生活

三十代まではいくら食べても大丈夫だったという人でも、四十代になると消化酵素が激減して、消化不良になってきます。また体を動かさないと内臓の働きも悪くなり、おなかも空かなくなってくるのです。

私も大の食いしん坊で、若い頃は成人男子並みの食欲を誇っていました。でも、四十代前半で消化不良に悩まされるようになり、運動が欠かせなくなったのです。体を動かす、特に、コアな筋肉に働きかけるヨガ、ピラティス、ベリーダンスは内臓を活性化する意味でも、大人女子にオススメ。これからを楽しくする秘訣はまさにこれです。

おなかが空き、美味しく食べられ、ちゃんと消化できる。こんなに素晴らしいことはありません。それが生きる基本だということは、年を取ってみなければ分かりません。ま、もともと消化器系が弱い人はもっと早く気づいていることなのでしょうが。

毎日適度な運動をし、健康的な食生活を心掛け、早寝早起きをする。それでも、消化能力は年々衰えていきます。私は子宮筋腫治療のため、三十代は玄米菜食をしていましたが、四十代になると、玄米はもう消化できなくなり、三分づき、五分づき、七分づきと変化して、今では炊き立ての軟らかい白米しか食べられなくなりました。

それでも、軽く一膳がやっとで、昼間の消化がいいときでないともたれます。もたれない主食としては、粉もの。パンや麺類がいいですね。それもあんまり量食べないほうが体調はいいです。

若い頃は、パンや麺類は消化が良く、すぐおなか空いちゃうので玄米ごはんはダイエットになると、『地味めしダイエット』という本も書いたぐらいなのに、この体たらくです。加齢とは実に、同じ人ではないぐらい、変化してしまうことなのですね。

さらに生理中は子宮筋腫と卵巣嚢腫が腫れ、胃腸が圧迫されて機能低下。食欲もなくなり吐き気までして、食べられなくなります。食べても消化不良で腹痛を起こしますから、こういうときは、無理して食べないほうがいいのです。

食べないと元気が出ないよ、大きくなれないよと、小さい頃から無理やり食べさせられていた飽食時代の私たちは、「食べない」ということに物凄い恐怖感を覚えます。あまり食べないと家族にも心配されるし、自分でも不安になります。食べない＝健康を害する、という概念があるのです。

でも四十代以降は、消化不良のときはあまり食べないのも、健康を保つ秘訣です。自然療法家が提唱している「一週間に一度」の「週末ジュース断食」は、胃腸を休めデトックスを促進する方法としていいようですが、健康でおなかが空いてしまうときにそれをするのは、とてもつらいこと。でも、実際食欲がないときなら、食べないほうが楽なのではないでしょうか。

人は二、三日食べなくても、水分さえ摂っていれば大丈夫なのです。腸閉塞で入院したとき、分かりました。点滴だけで三日生きていましたからね。四日目に水分摂取ＯＫとなり、飲み始めたときの腸の開通音がすごかったのです。んごごご〜、んごごご〜、んごごご〜、まるでトンネル開通！　みたいな爽快感がありました。

それからウンコは太く長くなり、それまで腸が疲れ果てて弱っていたことが分かりました。たった三日の絶食で、腸年齢が若返ってしまったのです。あ〜、これはたまには休めてあげないといけないのだなと、初めて気づいた五十の冬。それからは、生理中食欲がないときはあまり食べないことにしたのです。

私のような症状がない人でも、体調不良で食欲がないときは、搾りたてジュースやハーブティ、フルーツや野菜だけの日とか、スープだけの日など作って、胃腸を休ませてあげるといいでしょう。美味しいものをいっぱい食べれば元気が出るという価値観は前時代的なもので、実は小食のほうが、四十代以降は健康を保てるのです。

また、一日三食も四十代以降は多すぎる量です。私も四十代前半までは、胃がもたれると思いつつ三食しっかり食べていましたが、後半はもう無理でしたね。ランチを外食してしまうと夜はもうおつまみ程度で良く、夜ディナーに出たら朝食はいりません。家族と休日一緒にいて、三食共にするとおなかを壊して苦しむのです。

年を取って太って困るという人は、胃腸が丈夫で、消化能力の大変優れた人だと思いますよ。ただ、普通レベルの健康体では、体の小さい女性は特に、だんだん食は細くなっていくのが自然です。六十歳においては、七歳児と同じ量でちょうどいいと言いますからね。食べられないようになったことを、寂しく思わないことです。

おなかが空かなくても、一日三食食べるということがどうしてもやめられない人は、一人で食べる食事を何か軽いものにしておくといいでしょう。時間になるとおなかが空いたような気がして、食事をしないと心が寂しくなってしまう場合は、お粥か、スープとパンなど、消化が楽なものにするのです。

ここを、搾りたて生ジュースに替えられればもっと美と健康レベルをUPできますが、それも面倒なお年頃。今は大変便利な食品が売られているので、それを利用しない手はありません。レトルトのお粥やスープの缶詰、冷凍スープ、フリーズドライの雑炊など、インスタントでこんなに美味しいなら、手を煩わせることないなぁというレベルです。

生理一日目で全く食べられないときに、買ってあった「MCC」の「NEWビーフコンソメ」を飲んだときの感動ったらありませんでした。まるでホテルのビーフコンソメスープみたいなんですよ。知らずに出されたら、分からないぐらいです。今回は入院に至らず、家でこんなに美味しいものを食べられて良かったと、安堵の胸をなで下ろしました。

「Soup Stock Tokyo」の冷凍「オマール海老のビスク」も、冷凍食品でこんなに美味しかったらレストラン行かないでもいいと思える味です。それにトーストぐらいでちょうどいいランチですし、レトルトのお粥は、「永平寺」のシリーズがどれも美味しいです。お粥になっていれば、雑穀も玄米も食べられますしね。

弱っているときは、自分のために料理することも、片付けることも難儀です。だから、こういう便利な食品を使ってやり過ごすのですよ。おなかも休まるし、体も休まります。怠惰な自分を責めないでください。元気になったらまた働けるのですから。

8 今できることをやっていく

人は年とともに、時代とともに変わります。若い頃は、かつてはこうだったのに……と残念に思っても、何も始まりません。ただ悲しい気持ちで何もしないより、今できることをたんたんとやっていくほうが幸せなのです。

たとえば私の「ベリーダンス健康法」に来た同じ年（五十歳）の女性ですが、かつてはスキーが趣味だったといいます。でも四十代でリストラにあってお金がなくなってから、スキーはできなくなったというのです。

「もうだから運動という運動は、ここ何年もやってないのですよ」

と彼女は言っていたのですが、体のコンディションはすごく良く、肩、胸、腰が四十代の生徒さんたちより柔らかいのです。

「ほんとに何もやってないの？」

と不思議に思って聞くと、実は君島十和子さんの本に載っていたストレッチを毎日やっているのだとか。これだなっ、と、私は思いました。

さっそくアマゾンでその『十和子イズム』という本を購入、参考までに「見せる体を作るための十和子流5分ストレッチ」をやってみました。肩回し、腕回し、首回し、股関節、脇腹、太ももと鼠蹊部、アキレス腱と膝のストレッチがワンセット五分となっているのですが、きっつー。私のベリーダンス・ストレッチより正直キツイです。

と、十和子さまって、体育会系だったのね……と、見直したのですが、確かにやったあとは気分スッキリ。コリのポイントを見事にほぐしてくれて、あっぱれでした。全く体を動かしたことがない人がいきなりやったら故障を起こすかもしれないけど、日々続ければそれなりの効果があると思います。

金銭的な問題もあり、どこかに通うというのは難しくても、本は一冊千いくら。そこに載っていたストレッチを毎日行うのはタダです。それで体のコンディションが良くなるなら、やらない手はありません。「見せる体」になるかどうかは分かりませんが（笑）、本人的に心地のよい体、痛みのない体を保てれば万々歳です。

続くかどうかは本人次第ですが、彼女はそれで五十肩も免れていると豪語していました。四十代で四十肩になってしまったので、あんなに痛い思いは二度としたくないと、日々のストレッチを欠かさなくなったとか。ぜひ続けてほしいと思います。運動は、毎日細々と、一生続けるのがポイントなのです。

若い頃の知り合いに銀座のママさんだった人がいるのですが、彼女は当時四十代で、ラジオ体操を毎朝欠かさないと言っていました。忙しくてジムに通う時間もないので、それだけはやっているのだとか。それでものすごいナイスボディを保っていたのですから、コストパフォーマンスが素晴らしいですよ。

十和子さまも行っているというラジオ体操第一。お好きな方はぜひ♡　三分で完了するところも気に入っているとか。うちの隣のおじいさんも、脳溢血でお亡くなりになるその朝まで、毎朝やっておられました。ピンピンコロリ。理想ですよね。

私は、「ベリーダンス健康法」を死ぬまで続けたいので、大変ゆるいプログラムを組んでいます。それでも、一時間十五分で全身がほぐれ、気の流れも良くなり心も洗われるので、これでじゅうぶんだと思っています。ロータスに来られない方は稚書『横森式ベリーダンス健康法』

を参考に、ご自宅で実行してみてください。

どうしても五分で完了したいという方には、もう一つの方法があります。ビーマシャクティ・ヨガの準備体操なのですが、膝をゆるめながら両手を後ろにぶらぶら振るだけ。これを毎朝五十回。余裕があれば、そのあと両手をこぶしにして、前にパンチするように五十回。さらに余力あれば、床の上で開脚して足はフレックス（かかとからつま先のラインが地面に対して垂直）で前屈五十回。どの動きも口からシュッシュッと息を吐きながら行います。

これは、カルフォルニアで教わった、日本ではまだ知られてないヨガなのですが、こんな簡単な準備体操を地味に毎日やるだけで、とんでもないヨガのポーズも組めるようになるという秘儀なのです。ヨガをやらない人でも、関節が柔らかくなること必至。

年を取るということは、日々体が硬くなっていくということです。週四日はベリーダンスをしている私ですら、二時間テレビドラマを見ただけで、足がつってしまうぐらいです。面白ければ面白いほど、微動だにしなくなりますからね。仕事やパソコン、スマホ、ゲームもそうですが、嵌りものは気を付けたほうがいいのです。十五分に一度ストレッチなんて冷静なこと、普通はできませんからね。

若い頃は毎日のストレッチなんて、かったるいことやってられませんが、四十代以降は、必要に迫られてやらざるを得なくなるでしょう。体は日々硬化していきますから。それは年々加速し、ほっとくととんでもないことになってしまうのです。気が付いたときには痛みが出ているか、オバサン臭い姿勢に固まっていたり……。

恐ろしいことです。そこで愕然とするより、四十代から始めていれば、明るい未来を築けるのです。幸せは、日々、自分で作っていくものなのですよ。体が固まれば、心も固まります、痛いところがあれば、それだけで辛く、ふだんの生活も楽しめなくなってしまいます。健康を害すると、地味に思えた普通の暮らしも、楽しくありがたいものだと実感できるでしょう。でも、害さない前に気づいたほうがいいですよね。

またたとえ、持病の悪化などで痛いところがあったり、体調を崩したりでダメダメなときでも、それなりにできることをやってその日一日を楽しんで生きたほうがいいのです。この章ではそんな色々を紹介しましたが、少しでも症状が改善できることをやったり、楽で消化にいい美味しいものを食べたりするのは、最低の状況で最善に生きる術です。ダメだからといって、それを思いつめて落ち込んでも仕方ありませんからね。

不安や痛みには、人間、引き込まれがちなものです。体の痛みも、心の痛みも、魔の手は強力なのです。でも、完全に呑み込まれてしまっては、自分がなくなってしまいます。あくまでもこの人生は、私たちの魂が、この肉体をいただいて、束の間、味わうためにあるのですから。痛いもかゆいも、生きている証拠なのです。

今日一日を、今このときを、しっかり味わって生きましょうね♥

おわりに

「40代♥大人女子のための〝お年頃〟読本」がベストセラーになって、続編の「プラチナ編」、そして今回その第三弾として「しあわせ読本」を書くことが出来ました。買ってくださった皆様のおかげです♥ ありがとうございます♥ 熱い感謝の気持ちをここでお伝えします。営業頑張った今や若女将の編集者Tもありがとう！

しかしながらこのあとがきは、病院のベッドで書いています。本書の中でも触れた腸閉塞に、またやられてしまったのです。生理のたんび消化不良に悩まされ始めたのは四十九だったでしょうか。それがどんどんひどくなり、五十の一月末に一度入院。ひと月飛ばして今回は激痛で救急車を生まれて初めて呼びました。

夫も娘も出払った昼間でしたので、自分で救急車を呼ぶしかなかったのです。生理の二日目で生理痛がひどく、朝寝しようとした私の枕元に、たまたま娘が私の携帯を「あとでメールすんね」と置いて出掛けたから119と押せたのです。激痛でパニックのときは、人間動けないし、何もできないものですからね。

119に電話をして、息も絶え絶え「救急車お願いします」と言うのも、前回の入院から今回までに情報収集しておきました。無言だと、消防車も来ちゃうらしいのですよ。それと、自宅の住所をしっかり言うこと。そして、玄関のカギはたまたま不用心な父子によりあけっぱなしだったので助かりました。でないと、微動だにできないほど痛くて固まっているのに、一人で鍵開けに三階から階段を降りなきゃなりませんからね。

救急隊員は三人で来てくれました。慣れた感じで、血圧や体温（ひもの付いた特殊な体温計）などを計りつつ、様子を聞き出します。とにかくお腹が痛いということで、前回入院した医療センターに運んでほしいとお願いしました。データは全部残っているし、婦人科の受診もしたばかりだったので、担当医もいます。

激痛で全身ぐっしょり冷や汗をかいていたものの、着替えることもできず、靴下をはくのがやっとで、フリースのガウンを羽織り、救急隊のオジサンに負ぶわれて、階段を下りました。狭い家の階段に担架は無理なので、オンブなんですね。しかも、力ある若い隊員が負ぶうんではなく、ベテランのオジサン（笑）。落ち着いた調子で、

「はい、私の背中にドンと乗っちゃってください」

と言われ、命からがらおぶさりました。持ち物も、必要なものはすべて隊員たちがまとめて持って行ってくれました。火の元も確認してくれ、玄関を出ると担架に乗せられ、隊員が玄関のカギをかけているところを確認させられました。

既に五十代の方は、医療証のある位置、鍵の入っている場所は、常に確かめておき、

最低限必要な貴重品などは、バッグにいつでもまとめておいた方がいいでしょう。こんなことが、五十代ともなると、誰の身にも起こりうるのですから。四十代はまだ、危ういながら、そんなことも起こらない年代です。存分に楽しんでおいてください。お年頃♥は、まだまだお若いのですよ。五十代になると、入退院を繰り返す、というのが他人事ではなくなるのですから（私だけか）。

初めて乗った救急車とはいえ、激痛パニックで観察することもできませんでした。ただ分かったのは、救急車って意外と時間かかるんだなということ。来るまでに十五分、乗ってから受け入れ先が決まるまでまた時間がかかり、それから十分ほどかかりました。かかりつけの病院は自宅から近いほうがいいですよ、絶対。

担当の先生と救急車の携帯電話で話させられたのですが、なんせ痛すぎて、

「先生・・・もう無理です」

と、アホみたいなことしか言えませんでした。

病院に到着して婦人科の外来に運ばれ、ベッドに担架からころっと寝かせられたものの、もう身動きが取れないほどの状態。痛み止めの座薬を入れ、収縮を抑える注射をして、しばらく様子を見ることに。先生はその間、お産が入り一度留守になりました。落ち着いてから、女性ホルモンを止める注射をして、薬をもらってその日は帰されたのです。内膜症も併発していて生理痛がひどいのはそのせいなのですが、二日目でピークは越えるからもう大丈夫と。しかし自分で歩くのも大変で、夫と娘に来てもらい、

支払いその他済ませてもらって車椅子で車まで運んでもらいました。

帰って二日間、状態はあまり良くならず、寝たきり。心配だったので今度は内科の外来を受診し、血液検査をすると、前よりも炎症反応がひどく、重傷。そのまま入院することになりました。でも、今度は原因が婦人科系ということで婦人科です。それも、二人部屋で一人使い。南向きで公園の緑が美しい部屋です。前回入院した外科病棟みたいに面白いドラマはありませんが、妊婦さんが多いので雰囲気ものほほんとしています。

娘はちょうど春休みでキャンプもあり、父親もこの時期仕事もゆるく、娘と一緒にいられたので助かりました。回診のたんびに「うぃっす」なんていうような婦人科のチャラ男先生とも毎日会えるし、ある意味ラッキー（でもないか）みたいな……。これがフツーにオバンの五十代だったら、誤診だミスだと若いドクターを罵り、我が身の不運を嘆き悲しんだでしょう。でも、私は違います。

なにせ「しあわせ読本」の著者ですからね。どんなことがあっても、ある意味ラッキーだと思えるマインドとハートを持っているのです。みなさんも、そのココロを四十代で身につけてくださいね。そしたら、今度は加齢が過酷な五十代を、落ち着いて迎えることが出来るのです。これは大きな収穫ですよ♥　貴方を幸せにするのは、ほかならぬ貴方のマインドでしかないのですからね。

Ｌｏｖｅ＆Ｌｉｇｈｔ

２０１４年　４月　横森理香

40代《だい》❤
大人女子《おとなじょし》の
ための
しあわせ読本《どくほん》

2014年5月7日 第1版 第1刷発行

著者
横森理香《よこもりりか》

発行人
高比良公成

発行所
株式会社アスペクト
〒101-0052 東京都千代田区神田小川町3-8　神田駿河台ビル4階
電話 03-5281-2551 FAX 03-5281-2552
ホームページ http://www.aspect.co.jp

印刷所
中央精版印刷株式会社

ISBN978-4-7572-2218-2

横森理香のベストセラー

『40代♥大人女子のためのお年頃読本』

横森理香

本体:1,400円+税
四六判並製 320ページ/
ISBN978-4-7572-2079-9

第二のお年頃、更年期!?　女子に捧ぐ♥
更年期は、思春期に対してまさに思秋期。この時期には、とにかく感じやすく、体調も精神も不安定。この本を読んで、この時期を難なく乗り越え、もっと健康、もっと幸せな生き方を身につけようではありませんか!!

『40代♥大人女子のためのお年頃読本　プラチナ編』

横森理香

本体:1,400円+税
四六判並製 240ページ/
ISBN978-4-7572-2188-8

大人にしか似合わない本物のジュエリーに、自分自身がなりましょう。人生の経験と、奥深い英知から出る美しい態度と身のこなし。それは、誰にも頼らず得られる人生の特効薬です。それを身につけてこそ、大人のsexyで品のある女性と言えるのではないでしょうか。